東野圭吾

噓をもうひとつだけ

講談社

目次

装幀　鈴木成一デザイン室
写真　高橋和海

嘘をもうひとつだけ

嘘をもうひとつだけ

1

ゲネプロは中盤にさしかかっていた。

第二幕の『洞窟にて』で、アルーが恋人のプルサと宝を発見する場面だ。まず二人で踊った後、プルサのソロがあり、続いてアルーのソロ。最後に再び二人で踊る。いわゆるパ・ド・ドゥである。

このシーンの最大の見せ場は、何といっても後半の踊りでプルサが魔法の絨毯《じゅうたん》を使って宙に舞うところだ。実際にはアルーがプルサの身体を片手リフトで高々と持ち上げることになる。持ち上げるだけでなく、舞台狭しと動き回らねばならない。男性ダンサーが大変なのはもちろんだが、バレリーナのほうもかなりの体力を要求される。しかもいうまでもないことだが、それを幸せに満ちた表情でやらなければならないのだ。何しろ、二人は宝を発見し、大喜びしているという設定である。

「シンジ、動きが小さくなってるぞ。それじゃあ、全然飛んでいるように見えない。何回いわせるんだ」

真田《さなだ》の声がスピーカーから飛んだ。演出家である彼は、観客席のほぼ中央の席に座り、舞台を見つめている。数時間後には満員になるはずのこのホールに、まだ客は一人も入っていない。弓削《ゆげ》バレエ団のダンサーたちは、ただひたすら演出家の目だけを意識して踊っている。

寺西美千代《てらにしみちよ》は真田から少し離れた通路に立ち、踊り手だけでなく舞台の出来や照明効果などにも目を配っていた。彼女は、この公演が安っぽい仕上がりになることを最も恐れていた。さすが弓削バレエ団の秘蔵の作品といわれなければならないと思っている。幸い多額の宣伝費をかけただけあって、前売りチケットは完売だ。その意味で、事務局長としての任務は果たしたと自負している。後は評論家を唸《うな》らせるだけの舞台を見せられるかどうかだった。彼女にはまだ演出家補佐としての仕事が残っていた。

美千代の目の端で扉の一つが開いた。彼女はそちらを見た。黒い人影が入ってくるところだった。顔は見えない。しかしその長身の体格から、それが誰であるかを彼女は察した。憂鬱《ゆううつ》な気分が煙のように広がった。

長身のシルエットが彼女のほうに近づいてくる。迎えるように彼女も歩きだした。その時にはもう、相手が歓迎したくない客であることは、はっきりしていた。

「お忙しいところをすみません」相手はいった。低く抑《おさ》えた声だった。

「まだ何か?」美千代は訊《き》いた。こちらは声と共に、苛立《いらだ》った気持ちも抑えていた。

「どうしてもお尋ねしたいことが出てきましてね。今、よろしいですか」

「御覧のとおり、ゲネプロの最中なんです。本番の時刻も迫ってますし」彼女は腕時計に目を落とした。しかし暗すぎて文字盤は読めなかった。

「すぐに終わります。質問に答えてさえいただければ」

美千代はわざと大きくため息をついた。真田のほうを振り返る。彼は彼女が長身の男と話していることにさえ気づかない様子で、舞台を凝視《ぎょうし》し続けていた。元々彼は演出補佐などというものを必要としない男だった。

「仕方ないわね。じゃあ、ちょっと出ましょう」

「すみません」男は小さく頭を下げた。

美千代は男と共にホールを出た。廊下を歩き、控え室のドアを開けた。アルバイトで事務局の手伝いをしている女性が一人、招待客用に用意してあるチケットの整理をしていた。

「悪いけど、ほかでやってもらえない？　受付カウンターとかで」

「あ、はい」

若い女性は机に広げていたものをまとめて、部屋を出ていった。

「御迷惑をおかけして、申し訳ありませんね」男はいった。

美千代はそれには答えず、「コーヒーでもお持ちしましょうか」と訊いた。「自動販売機のインスタントコーヒーですけど」

「いえ、結構」

「そう」

美千代は壁に据《す》えられているモニターテレビのスイッチを入れてからパイプ椅子《いす》に腰掛けた。モニターには舞台が映っていた。別に付けられているスピーカーからは真田の声が聞こえてくる。彼はまた男性ダンサーの動きがダイナミックでないことに腹を立てている様子だった。

男は机を挟み、彼女と向き合うように座った。モニターに目を向ける。

「なるほど、ここからでも舞台は見られるわけだ。本番中でもこのモニターは……」

「映りますよ」

「へえ、じゃあこの部屋も観客席みたいなものですね」

美千代はバッグから煙草《たばこ》とライターを取り出し、机の上の灰皿を引き寄せた。

「バレエは生で見ないと意味がありません」

「そうですか」

「人間の肉体を使うものはすべてそうです。スポーツだってそうでしょ。もっとも、一流品にかぎりますけど」

「『アラビアンナイト』は一流品なわけだ」そういって男は壁に貼られたポスターを見た。弓削バレエ団による『アラビアンナイト』を宣伝したものだ。公演初日は今日の日付になっている。

「もちろん」彼女は煙草に火をつけ、煙を吐いてから頷《うなず》いた。「うちでは一流と自負できるものしか舞台にかけません。その中でも『アラビアンナイト』は最高級品だと思っています」

「熟成された技量と天性の表現力なくしては演じきれない難役を、おそらくは演出家の想像を超えて見事にこなしてみせた。彼女以外にこの役をできるバレリーナは、当分出てこないのではないか――」男は唐突にこのようなことを述べてから、にやりと笑って見せた。「十五年前の新聞に出ていました」

「お調べになったの？　物好きね」

「前にも申し上げたでしょう。バレエには少々関心があるんです」

「冗談かと」

「冗談をいうこともありますが、それは本当のことです」男は彼女の顔を見つめた。「十五年前のプリマの写真も載っていました。気品があって、美しくて、ちょっと危険な香りのするプルサ王女でしたね」

美千代は目をそらした。彼女にとって素晴らしい思い出の一つではあった。しかしこの場では話題にしたくないことだった。

「それで御質問というのは？」

「失礼。お忙しいんでしたね」男は上着のポケットに手を入れ、何かを探る格好をした。

男は加賀《かが》といった。練馬警察署の刑事だった。数日前に起きた、ある事件の捜査をしていた。美千代が加賀と顔を合わせるのは、今日で四度目だった。

加賀は手帳を出してきた。

「まず、あの夜の行動についてもう一度確認しておきたいのですが」

美千代はうんざりした顔を隠さず、首をゆっくりと振った。

「また？　しつこいのね」

「まあ、そうおっしゃらず」加賀は爽《さわ》やかとでも形容できそうな顔で笑った。「あの日あなたは午後六時ぐらいまでバレエ団の事務所にいて、演出家の真田氏らと食事の後、九時頃に帰宅。それからはずっと部屋にいて、翌朝八時に出勤。前にお尋ねした時、このようにお答えになりました。以上のことについて、何か訂正はありますか」

「ありません。おっしゃったとおりです。ついでにいえば、マンションに戻ってからは誰とも会わなかったし、電話で話もしなかった。だからあたしがずっと自宅にいたということを証明することもできません」

「その状況に変わりはないわけですね」

「そういうことです。だから、アリバイはないということになります。どうしてそんなものが必要なのか、あたしには全く理解できないんですけど」

「必要だとはいっておりません。ただ、あの夜の行動が何らかの形で明らかになっていれば助かるということです」

「そこがわからないのよ。そもそもあなた方が、そんなふうに捜査みたいなことをしておられること自体が不可解なんです。まるで殺人事件みたいじゃないですか」

彼女の言葉を聞き、加賀はほんの少し眉《まゆ》を上げた。

「みたい、ではなく、殺人事件のセンが濃厚だと我々は考えています」

「まさか」美千代は顔を歪《ゆが》め、吐き捨てるようにいった。それからもう一度刑事の顔を見返した。今度は抑えた声で訊く。「嘘《うそ》でしょう?」

「私は殺人を担当している刑事ですよ」加賀はそういってから、かすかに白い歯を覗《のぞ》かせた。

2

早川弘子《はやかわひろこ》の死体が見つかったのは、五日前の朝のことだった。自宅マンションの敷地内にある植え込みの中で倒れているのを管理人が発見したのだ。弘子は頭から大量の血を流していた。

警察の調査によって、七階にある自室のバルコニーから転落したことが判明した。植え込みがあったとはいえ、土の部分はごくわずかで、周りはコンクリートで囲まれている。そのコンクリートの地面で頭部を強打したものと推定された。もっとも、仮に運良く土の部分に落下していたとしても、助かる見込みはゼロに等しかっただろうというのが、警察の見解でもあったようだ。

寺西美千代は弘子と同じマンションに住んでいるが、その朝出かける時には、まだ騒ぎは起きていなかった。問題の植え込みは人目につきにくい場所にあるうえ、管理人が水撒《みずま》きを始めたのはずっと後だからだ。美千代が弘子の死体発見を知ったのは、午前十時を過ぎてからだった。電話で刑事から聞いたのだ。その電話にしても警察からかかってきたのではなく、彼女のほうから弘子の部屋にかけたのだった。その時にはすでに刑事たちが弘子の部屋に入り、実況見分をしていたわけだ。

午後には刑事たちがバレエ団までやってきた。そのうちの一人が加賀だった。

早川弘子も弓削バレエ団の事務局で働いていた。約一年前まではダンサーとして登録されていたが、膝《ひざ》の故障が原因で踊れなくなり、引退を決意したのだった。死んだ時彼女は三十八歳だった。小柄で痩《や》せており、ダンサーには適した肉体をしていた。また彼女は美千代と同様に独身だった。

弘子は死ぬ一週間前に引っ越したばかりだった。だから室内にはまだ段ボール箱が、殆《ほとん》ど手つかずの状態で積まれていた。

刑事たちがまず着目したのは、同じマンションに美千代も住んでいるということだった。偶然なのかどうかを彼等は知りたがった。

「偶然ではありません。何かの用事であたしの部屋へ来た時、賃貸の広告が壁に貼られているのを見つけたらしいです。ただ、特に相談は受けていなかったので、突然引っ越してくるとわかった時には驚きました」

また刑事たちは、二人の部屋の位置関係にも興味を示した。美千代の部屋は弘子の部屋の斜め上にあり、美千代がバルコニーに出れば、弘子の部屋のバルコニーを見下ろすことができるのだ。

刑事たちは、何かを見たり、物音を聞いたりしなかったかと尋ねた。美千代は首を振った。

「あのマンションは防音がしっかりしているから、外の物音なんて殆ど聞こえないんです。それにバルコニーに出ることなんて、めったにありません」

彼女のこの回答に、刑事たちは特に不審を抱いたふうではなかった。

早川弘子の死について何か心当たりはないかという質問も、その時になされた。事務局の者もバレエ団のメンバーも、全く何も思いつかないといった。弘子と親しかった何人かは、「最近はどちらかというと浮き浮きしていて楽しそうだった」と語った。

この時加賀はあまり発言しなかったが、一つだけ質問してきた。それは弘子の服装に関することだった。

弘子はスウェットの上下を着て、足首にはレッグウォーマーを付けていた。さらにトウシューズを履《は》いていたのである。そのことについて何か思い当たることはないかと彼は訊いてきた。

無論美千代たちとしても奇妙であると答えざるをえなかった。現役のダンサーでも、自宅でトウシューズを履くことなどない。ただ美千代は刑事たちに対して、次のように話してみた。

「もし弘子さんの死が自殺なら、トウシューズを履いていた気持ちは理解できるような気がします。バレリーナにとってトウシューズは、人生の象徴みたいなものだからです。あたしもよく冗談で、死んだ時には棺桶《かんおけ》にトウシューズを入れてねということがあります」

これについては現役ダンサーたちも同意を示した。

この時には、加賀はそれ以上突っ込んだ質問はしてこなかった。

3

「あなたの部屋は八階でしたね。バルコニーに出たことはありますか」加賀がいった。

「それはまあ何度か」美千代は答えた。「でも、そうしょっちゅうではありません。だからあの夜も、すぐ下のバルコニーで何があったか、目撃することもできませんでした。これは何度も申し上げたことですけど」

早川弘子が転落したのは死体発見の前夜らしいと新聞などで報じられていた。おそらく解剖の結果などから、警察がそう推察したのだろう。そのことを裏づけるように、直後に加賀がやってきて、当夜の美千代のアリバイを尋ねた。その時の彼女の答えは、先程と同様のものだった。

「バルコニーから下を見たことはありますか。早川さんが転落したあたりをです」

「さあ」美千代は首を傾《かし》げた。「あったかもしれませんけど、忘れました。最近は見ていません。それが何か」

「じつは早川さんの部屋のバルコニーから真下を覗いてみたんです。するとまず思うのは、落下地点の地面がやけに狭いということです。建物と壁に挟まれているうえに、植え込みがあるので、コンクリートの地面が殆ど見えません。何かを落とした場合、それがコンクリート地面に落ちる確率はとても低いように感じられます。もちろんこれは目の錯覚で、下に行けばコンクリート地面が意外に広々としていることがわかります。ただ上からはそう見えるということです。これは私だけの感想ではなく、同僚の刑事たちも同じ印象を受けたようです」

「それで？」

「自殺者の心理というのは複雑なようで単純というところがありましてね、飛び降り自殺の場合でも、見下ろした時の雰囲気などで気持ちが変わることもあるそうです。自殺者が最も恐れるのは、うまく死にきれないことです。実際には七階の高さからならば、どこに落ちようが即死は確実だと思われるのですが、コンクリートの地面に直撃しないといけないような気になるんですね。そういう点であのバルコニーから下を見た時の情景というのは、決心を鈍らせる効果を持っているといえます」

「自殺説を否定する根拠はそれだけ？」

「いえ、これは根拠といえるほどのものではありません。単なる印象です。根拠としては、部屋の鍵《かぎ》があいたままだったことや、ビデオの録画予約がセットされていたことのほうが大きいでしょう」

「録画予約？」

「ええ。翌日の早朝にＮＨＫでバレエ入門の番組が放送されたのですが、早川さんはそれを録画しようとしていたようです。その前日まで、ビデオはまだ接続されていなかったことが、早川さんの部屋を訪ねた人の証言によりわかっています。つまりそれを録画するために、急いでビデオをセットしたと考えられるわけです。自殺を考えている人が、そんなことをするでしょうか」

ビデオが——。

美千代の脳裏に早川弘子の部屋の様子が浮かび上がった。リビングルームの隅にテレビが置いてあったことは覚えている。ビデオデッキはどうだったか。そこまでは記憶していない。ましてやそれが録画予約中だったかどうかなどは考えたこともない。

「あたしだって、うっかり玄関の鍵をかけ忘れていることはありますよ。ビデオ予約のことにしても、衝動的な自殺なら、そういうこともあるんじゃないかしら」美千代はいった。「自殺を思い立ったから予約を解除するということもないでしょうし」

「それはそうでしょうね」加賀は少し笑った。「ではなぜそのような衝動が起きたのでしょう。録画予約をセットしてから、何かあったのでしょうか」

「さあ、それはあたしには……」美千代は首を振った。

「前に、早川さんが自殺する原因について何か思いつくことはないかとお尋ねしたところ、あなたはこのように答えられました。早川さんはダンサーを引退し、踊れなくなったことで、生き甲斐をなくしているようだった。その悩みが高じたのではないか、と」

「今でもそう思っています」

「しかしその後の捜査で、その説とは矛盾《むじゅん》する事実が出てきたのです。早川さんは新たな生き甲斐を見いだそうとしていたようなのです」

「新たな生き甲斐？」

「バレエ教室です」加賀は机の上で指を組み、少し身を乗り出した。「早川さんは埼玉県志木《しき》の出身ですよね。あのあたりで教室を開けそうな場所を物色していた形跡があります。子供にバレエを教えたいと、親しい人には話しておられました。練馬に引っ越されたのも、そのことを考えてのことだったのではないでしょうか。練馬から志木は交通の便もいいですから」

美千代はかさかさに乾いた唇《くちびる》を舐《な》めた。

「そう……バレエ教室を」

「あなたは御存じなかったのですね」

「初めて聞きました」

嘘ではなかった。早川弘子が何かをやろうとしていたことは勘づいていた。しかしバレエ教室とは思いもしなかった。

「わかりました。今のところ、自殺だと決定づける材料はないということですね。では逆に伺いますけど、他殺の可能性はどうなのかしら。あたしには、そちらのほうがよほど薄いように思われるんですけど」

「ほう、そうですか」

「だって生きている人間をバルコニーから落とすわけでしょう? 大変な体力が必要だと思いません? 当然相手は必死で抵抗するでしょうから、殆ど不可能だといえるんじゃないかしら。それとも早川さんは睡眠薬か何かで眠らされていたということかしら。それならば力のある男の人なら、できないこともないかもしれない」

「解剖の結果によれば、早川さんが睡眠薬を服用していた形跡はないようです」

「じゃあ不可能ね」そういって美千代は頷いた。「断言できるわ」

「犯行手段については、我々にも考えていることがあります。しかし今はその話はとりあえず横に置いておきましょう。我々がまず明らかにすべきことは、事件当夜あの部屋に入った人間は誰か、ということです。どのような手段を使ったにせよ、部屋に入らなければ早川さんを落とすことはできませんからね。幸い早川さんは引っ越されたばかりで、そう何人もの方が出入りしておられるわけではありません。たとえば落ちている毛髪を調べるだけでも、かなりの情報を得られると思います」

毛髪といわれ、美千代は思わず自分の髪に手をやった。最近は白髪を染めるのに手間のかかる髪だ。

「それならあたしなんかは、真っ先に容疑者リストに載ってしまうでしょうね。あたしは彼女が引っ越してきて以来、何度か部屋に行ってますから」

「無論そういったことは考慮しながら調べます。毛髪にかぎらず、衣類のくずなど、細かい遺留品も検査します。また、犯人が残したものだけでなく、犯人が持ち出したものについても追跡するつもりです」

「持ち出したもの？」

「持ち出したというとわかりにくいですね。犯人が身体に付着させたまま出ていったもの、という言い方が適切でしょうか」

「それでもよくわからないわ」

「たとえば」といって加賀は腕組みをした。「早川さんはガーデニングでもするつもりだったのか、バルコニーにはウッドデッキが敷いてありました。さらに空《から》のプランターが一つ、隅に置いてありました。覚えておられますか」

美千代は少し考えてから、「そういえば、あったわね」と答えた。

「調べたところ、あのプランターに誰かが触れた形跡があるのです。しかも手袋を使って持ち上げたと思われます。もちろんそれをしたのは早川さん自身かもしれない。だが我々としては、そういうことも明らかにしなければならないのです」

「どうやって調べるの？」

「プランターは空でしたが、土や農薬が微量でも付いていたかもしれません。ならば持ち上げた時に、そういったものが手袋に付着した可能性もあります。そうなると秘密兵器の出番です」

「秘密兵器？」

「警察犬です」加賀は人差し指を立てた。「農薬の臭いを覚えさせ、手袋を探させます。室内から手袋が見つからなければ、早川さん以外の人間がプランターに触れたということになります。うまくすれば、その人間がどのように部屋を出ていったかまでをはっきりさせられるかもしれません」

刑事の話を聞きながら、美千代はあるテレビ番組を思い出していた。臭《にお》いによって麻薬を発見する麻薬犬の活躍を描いたドキュメンタリーだった。その番組では彼等の優秀さが見事に描かれていた。

美千代はふっと息を吐いた。そしてかすかに笑って見せた。

「面白い試みね。でもそんなことをされたら、ますますあたしが疑われてしまうかもしれない。その警察犬が、あたしの部屋の前でわんわん吠《ほ》えるでしょうから」

「どうしてですか」

「だってあたし、そのプランターに触ってしまったもの。引っ越しの日に手伝いに行って、バルコニーの掃除をする時に持ち上げた覚えがあるわ」

「手袋をして、ですか」

「そうよ。だって手が荒れちゃうじゃない」

「たしかに触りましたか」

「ええ」美千代は胸を張って頷いた。

加賀は黙り込み、天井を見上げた。

「残念ね。警察犬の出番がなくなって」

「どうやらそのようです」加賀は頭を掻《か》いた。

「わからないわね。どうして他殺だと思いたいのかしら。他殺であるからには、動機が必要でしょう？　それについては何か見つけておられるのかしら」

「真の動機となると、犯人に訊くしかないわけですが、それを想像させる材料はいくつか手に入れました」

「ぜひ教えていただきたいわね。あたしも興味があります」

加賀は少し迷ったような表情を見せてから、上着の内ポケットに手を入れた。

「これのことを覚えておられますか」

彼は畳《たた》んだ紙を出してきた。広げるとＡ４の大きさになった。コピー紙だった。細かい文字と記号が書き込まれている。

ちらりと見て美千代は頷いた。

「ええ、覚えてますよ。先日、あなたから見せていただきましたから。でもこれは、あれの一部のようね」

「そうです。厳密にいえば、一部をさらにコピーしたものです。重要な証拠物件なので、勝手には持ち歩けないのです」

先日加賀が持ってきたものというのは分厚いファイルだった。その中には楽譜と振付を記《しる》した原稿のコピーが綴《と》じられていた。それは今日公演予定の『アラビアンナイト』のものに相違なかった。

加賀の話によれば、そのファイルは早川弘子の部屋から見つかったらしい。他の多くの荷物はまだ段ボール箱に入ったままだというのに、これだけは早々に出され、しかもベッドの下に隠してあったという。

このファイルの中身については奇妙な点がいくつかあった。まず手書きの原稿をコピーしたものだという点だ。というのは、現在バレエ団で使用されている楽譜や原稿は、すべて活字を使った印刷物だからだ。なぜそれをわざわざ手書きしなければならなかったのかという疑問がある。そして手書きしたオリジナルはどこにあるかというのも謎だ。そもそもなぜ早川弘子はこんなものを後生大事《ごしょうだいじ》に持っていたのか。

これらの加賀の質問に対し、美千代は全くわからないとだけ答えた。それ以外に答えようがなかった。

「あれからいろいろと調べまして、あのファイルの正体がほぼ掴《つか》めました」

「何だったの？」

「それをお話しする前に確認しておきたいことがあります。『アラビアンナイト』のことです。あの作品は弓削バレエ団による創作バレエということになっていますね」

「おっしゃるとおりです」

「作者と振付は寺西智也《ともや》氏。つまり当時のあなたの御主人だ。作曲は新川祐二《しんかわゆうじ》氏。親友だったお二人が十七年前に作り上げたと聞いています。初演は十五年前。主役のプルサ王女を演じたのはあなた。実質的にそれがあなたの最後の舞台にもなりました。ここまでのところで、何か間違いはありますか」

「いえ、そのとおりよ」

「だとすると、例のファイルに関して矛盾が一つ生じることになります。というのはですね、書き込みの筆跡などから、あの振付部分を書いたのは松井要太郎《まついようたろう》氏らしいと判明したからなのです。松井氏のことは、もちろん御存じですね」

「……存じています」

「松井さんも弓削バレエ団のバレエマスターだったそうですね。振付も勉強しておられて、音楽家の新川氏とも旧知の仲だった。ところが松井さんは二十年前に病気で亡くなっておられます。矛盾とはここです。二十年前に死んだ人が、その三年後に完成した作品を書いていたのはなぜか」

美千代は黙り込んだ。その答えを彼女は持っていた。しかしそれをここでいうべきかどうかを迷った。いずれにしても刑事が推理を終えていることは確実だった。

「残念ながら新川さんは五年前に事故で、そしてあなたの御主人も昨年癌《がん》で亡くなられました。だから真相は不明なのですが、想像はできます。実際には『アラビアンナイト』を作り上げたのは、新川・松井コンビだった。ところが松井さんが亡くなったため、振付は寺西智也氏ということにして発表した——さほど突飛《とっぴ》な想像でもないと思いますが」

「つまり主人が……寺西智也が盗作をしたとおっしゃりたいわけね」

「盗んだとはいいません。そういう経緯があったのではないかと推測を述べているだけです」

「同じことじゃないの。ああ、そういうことね。いいたいことがわかったわ」美千代は刑事に向かって頷きかけた。「何らかのきっかけで早川さんは、松井さんの原稿を発見した。それで彼女はあなたと同様の推理を働かせて、あたしを脅迫したというわけね。あたしは夫の秘密を守るため、彼女を殺した。あなたの考えはこうなんでしょう？」

だが加賀はこの質問には答えなかった。首を少し傾げ、独り言のような口調でいった。

「早川さんの銀行口座を調べましたらね、出所不明の金が一千万円入っているんです。何か特殊な事情があったとしか考えられません」

「そのお金をあたしが払ったというの？」

「金が入ったということは、何らかのものを売った可能性もあります。そこで思いつくのは、見つかったファイルの中身はコピーだったということです。もしかしたら早川さんはオリジナルを持っていたのかもしれない。それを誰かに一千万円で売った。そんなふうにも考えられます」

「もしそれを買い取ったのだとしたら、もうそれでこの件は決着していることになるわね。あたしが彼女を殺す動機はないわ」

「あなたのほうは決着したつもりだった。しかし早川さんのほうは別の受け止め方をしていたかもしれない。その証拠が見つかったファイルです。オリジナルはあなたの手に渡ったが、コピーは確保してある。コピーだって、あなたとの新たな取引の道具として使えるはずです。取引という言葉を、先程あなたがおっしゃった脅迫という言葉に言い換えることも可能かもしれませんが」

加賀の淡々とした口調で、空気が濃密になっていくようだった。美千代は息苦しさを覚えた。

4

美千代はどう答えるべきか考え、その時間稼ぎのつもりでモニターに目を向けた。相変わらず舞台稽古《げいこ》は続いている。ダンサーたちの衣装から、第三幕に入っていることを彼女は知った。踊っているのはプルサ王女だ。王となったアルーと再会するが、ランプの精の魔法によって彼には彼女の本当の姿が見えない。そこで彼女は踊りを見せることで、恋人の目を覚まさせようとしているのだ。

その踊りを見ていた彼女は、はっとして立ち上がった。

「ちょっとごめんなさい」加賀にそういうと、美千代はドアを開けて部屋を出た。小走りでホールに向かう。

中に入り、通路を足早に進むと、足を組んで座っている真田の横へ行った。

「真田さん、あれはどういうこと？」

髭面《ひげづら》の真田は、ゆっくりと彼女のほうに首を回した。

「何か気に入らないか」

「プルサの踊りよ。どういうつもりであんなふうにしたわけ？」

「僕はこの舞台を最高のものにしたい。それだけだ」

「その結果がああなるの？　真田さん、あなたわかってるの。ここはプルサが恋人の目を覚まさせようとするところなのよ。王女らしい高貴さを示して、自分が奴隷女《どれいおんな》じゃないってことを訴える場面なのよ。それなのに、何よあれは。まるで色気でたぶらかそうとしてるみたいじゃない」

真田は美千代を見上げ、髭に包まれた顎《あご》を掻いた。

「みたい、なんじゃない。まさに色気でアルーの気をひこうとしているんだ」

美千代は目を見開いた。

「真田さん、あなた正気？」

「もちろんだ」

「信じられない」

「なあ、美千代ちゃん。あんた、男の気をひこうとする時にどうする？　上品なこととか、頭がいいこととかをアピールするかい？　アルーとプルサは恋人だったんだ。男が昔の女のどういうところを覚えていると思う？」

「低俗なことをいわないで」

「性的なことを連想させるのは低俗かい。俺《おれ》たちはクリスマスの夜に、親子連れ相手に『くるみ割り人形』をやろうとしているんじゃないんだぜ」

美千代は顔を歪め、首を振った。

「いつ、変更したのよ」

「決定したのは二日前だ。だけど俺の頭の中には、このバージョンは常にあった。この部分だけが、ずっと引っかかってたからな。変更してよかったと思っている。これでストーリーが引き締まった」

「……元に戻して」

「断る。大体、元ってのは何だ」

「あたしが踊った『アラビアンナイト』よ。十五年前の『アラビアンナイト』よ」

「それは君の『アラビアンナイト』だ。今日、この舞台にかけられるのは、俺の『アラビアンナイト』だ。忘れちゃ困るね」

「こんなの、団長が許すはずないわ」

「団長の許可はとってあるよ」

「まさか……」

「嘘だと思うなら、確かめればいい」真田はマイクを手にした。スイッチを入れる前にいった。

「すまないが、愚痴《ぐち》は後にしてくれ。とにかく全ては決定済みだ」

目の前で遮断機《しゃだんき》を下ろされたような錯覚を美千代は感じた。彼女は後ずさりし、そのまま身体の向きを変え、扉に向かって歩きだした。稽古は再開されている。ダンサーを注意する真田の声が飛ぶ。しかし彼女はその内容を聞こうとは思わなかった。

ホールを出てから壁にもたれかかり、大きなため息を一つついた。全身から力が抜けていくようだった。

「大丈夫ですか」横から声がした。加賀が心配そうな顔で立っていた。

「ああ、あなた……ずっといたの」

「突然、席を立たれたものですから」

「ああ、そうね。ごめんなさい」美千代は歩きだした。この刑事は自分と真田とのやりとりを聞いていたのだろうかと気になった。しかしすぐに、聞かれていようといまいと関係のないことだと思い直した。

先程の部屋に戻った。モニターには相変わらず舞台が映っている。彼女はスイッチを消した。スピーカーもオフにした。

静まり返った部屋で彼女は椅子に座った。

「バレリーナは踊れなくなったらおしまいね。何もかも失ってしまう」

「そうですか」刑事も元の場所に腰を落ち着けた。「でも、別の生き方をしておられる」

「こんなのはごまかしよ。自分を騙《だま》しているだけ。十五年前に全部終わっちゃった」美千代はテーブルの上にほうりだしたままになっていた煙草の箱に手を伸ばした。しかし煙草をくわえる前に思い出していった。「ああ、そうだ。あなたの質問の途中だったわね。ええと、どういう質問だったかしら」

「早川さんがあなたを脅迫していた可能性について、話をさせていただきました」

「ああ、そうだったわね」美千代は煙草をくわえ、火をつけた。深く吸い込み、細く白い煙を吐いた。「加賀さん、あなたはふつうの男性に比べてはバレエにお詳しいようだけど、本質的なことをわかっておられないわね。あたしたちにとって、そのバレエが誰によって創作されたものかなんてことは、さほど重要ではないの。肝心《かんじん》なことは、誰がどのように踊ったかということだけ。あるいは、誰にどのように踊らせたかということだけ。あなたは寺西智也が『アラビアンナイト』の創作者として名誉を得たように思っているみたいですけど、そんなことは大したことではないの。寺西の名前で発表したのは、そのほうが世間にアピールすると思っただけのことです。作曲者の新川先生だって了承済みのことでした」

沈黙が室内を支配した。美千代の吐いた煙がいつまでも空中をさまよっていた。

「わかりました。大変参考になりました」加賀は手帳をしまいながらいった。

「もういいのかしら」

「ええ。質問は以上です」

美千代は安堵《あんど》の息を吐きたいところだった。しかしそれを隠し、平静を装っていった。

「御期待には添えなかったようね」

「どういう意味です」

「本当は、こういって欲しかったんでしょう？　早川さんを殺したのは、あたしですってね。でも残念ながら、犯人はあたしじゃない」

だが刑事は口元に意味不明の笑みを浮かべただけで、彼女の質問には答えなかった。そのかわりに彼はいった。

「じつは一つお願いがあるのですが」

「何かしら」

「見せていただきたいものがあるのです。これから一緒に、あなたのマンションに行っていただけませんか」

「これから？」美千代は眉を寄せた。「本気でいってるの？　今日は公演初日なのよ」

「本番までは、まだ時間があるでしょう。間に合うように必ずお送りしますから」

「あたしは事務局長なのよ。本番までに間に合えばいいというものでもないの」

「でも、こちらも急いでるんです」

「公演が終わってからにしていただけないかしら」

「お願いします」加賀は頭を下げた。「もしきいていただけないとなると、我々は令状を取ることになります。そういう大げさなことはしたくないのです」

令状といわれ、美千代の心は揺れた。この男の目的は何だろう。

「一体何を見せればいいの」

「それは車の中でお話しします」

美千代はため息をついた。腕時計を見る。たしかに本番までには、まだ時間があった。

「見せればいいわけね。それだけで帰してくれるのね」

はい、と刑事は頷いた。

美千代はバッグを手に立ち上がった。

「約束してちょうだい。こんなふうにあたしにつきまとうのは、これを最後にして」

「ええ、自分もそうしたいです」加賀は答えた。

副局長に一言声をかけてから会場を出た。副局長は、ちょっと驚いた顔をしていた。

加賀は車を用意していた。といってもパトカーではなくふつうの乗用車だった。彼が運転するらしい。美千代は助手席に座った。

「急いでね」

「わかっています。今日は道がそれほど混んでいないから心配する必要はないでしょう」

加賀の運転は慎重で紳士的だった。だがそれなりに急いでいるようでもあった。

「方法の話ですが」加賀が不意に口を開いた。

「何？」

「早川さんが殺されたのだとして、その方法はどういうものか、という話です」加賀は前を向いたまま話し始めた。「あなたが先程おっしゃったように、バルコニーから人を突き落とすというのは容易なことではありません。特に女性には難しいでしょう」

「ええ。不可能に近いかもしれません。でも、状況が違えば話も違ってきます」

刑事の言葉に、美千代は横を見た。彼は前を見つめたままだった。

「さっきもいいましたように、早川さんはバレエ教室を開設する準備を進めていました。そのために資金を調達しているようでした。でも、彼女が準備しなければならないことは資金面だけではなかったのです」

「何がいいたいの」

「お金があるだけでは学校は作れません。教える人間を用意する必要があったのです。早川さんが弓削バレエ団の数名のダンサーに、子供にバレエを教えるバイトをしないかと誘いをかけていたことは、すでに確認済みです」

「そんなことを……初耳だわ」

それは本当に初めて聞く話だった。美千代の頭に、そういう誘いに乗りそうな顔ぶれが数人浮かんだ。いずれもダンサーとしては一流になれないだろうと思われる連中だ。

「しかし」加賀は続けた。「バイト教師に頼ってばかりはいられない。早川さん自身も、教えられることが必要でした。とはいえ早川さんはバレエをやめて一年近く経《た》ちます。ダンサーにとってそれだけのブランクがいかに致命的なものかは素人《しろうと》の私にもわかります。彼女はまずバレエのできる身体を取り戻す必要がありました。そこで基本的なレッスンから、毎日少しずつ行うようにしたのです。早朝の稽古場で早川さんの姿がしばしば目撃されるようになったのは、そのせいだったと思われます」

美千代は黙っていた。加賀の話が、歓迎できない方向に傾いていくのを予期した。

「でも稽古はそれだけでは足りなかった。早川さんは何とか自宅でレッスンができないかと考えました。とはいえ引っ越したばかりで部屋は片づいておらず、そんな場所はない。そこで目をつけたのがバルコニーでした」

すぐ前の信号が赤に変わった。加賀は車を止めた。彼が自分のほうを向くのを美千代は感じた。だが目を合わせる勇気が彼女にはなかった。

「いえ、バルコニーを使うことは、たぶん引っ越す前から決めていたのでしょう。だからウッドデッキを注文したのです。稽古場の床が固いコンクリートのままでは、身体を傷《いた》めるおそれがありますからね。もっともうちの課長などは、この話をしてもぴんとこない様子でした。あんな狭いところでバレエのレッスンなんかできるのか、とね。でも、もちろんできます。あなたも当然おわかりでしょう?」

「バーレッスンのことでしょ」美千代は仕方なくいった。

「そのとおりです。バレエの稽古場には、必ず壁にバーを取り付けてある。それに摑まっての練習を三十分以上行う必要があると本には書いてありました。筋肉、関節、アキレス腱《けん》を伸ばすプリエという練習が、まず最初にあるそうですね」

「よく勉強なさってるのね」美千代は皮肉らしく聞こえるようにいってみた。しかし内心ではそんな余裕はなかった。

「あのバルコニーには手すりがついていました。あれがバーとして代用できたのでしょう。手すりの一部がこすられたようになっていたのも、早川さんが毎日触っていたからだと思われます。つまり――」

信号が青になった。加賀はブレーキペダルから足を離し、アクセルを踏んだ。車は滑《なめ》らかに発進した。

「つまり」と彼はもう一度いった。「早川さんはそうしたバーレッスンをしている最中に落ちたのです。だからトウシューズを履いていたのです。レッグウォーマーをしていたのも、季節のわりに厚着だったのも、夜風で身体が冷えないための保護だったのです」

「服装についての謎は解けたわね。でもだからといって、自殺説を否定はできないはずよ。レッスン中に衝動的に死にたくなったのかもしれない」

「そういうことが全くないとはいえないでしょうね。しかし我々としては、もう少し別の可能性を考えたくなります」

「別の可能性って？」

「バレエはレッスンも大切ですが、ストレッチ運動も重要だそうですね。特にレッスンを終えた後は、必ずといっていいほど行うとか。特に古典的に実施されているのが、片脚をバーに載せてのストレッチだと聞きました。そういえばダンサーたちがそういう運動をしているのを何度か目にしたことがあります」

美千代は深呼吸をした。鼓動が徐々に速くなっていくのがわかる。

狭い車内で加賀の声が響いた。

「バルコニーでレッスンをしていた早川さんも、当然仕上げにはこのストレッチを行ったでしょう。すなわち、片脚をバルコニーの手すりに載せたはずなのです。ところがここで一つ問題があります。手すりは稽古場のバーに比べて高すぎるのです。身体のバランスを保つために摑まる程度なら、少々の高さの違いも気にならないでしょうが、足を載せてストレッチをするとなると、あまり高すぎてはやりにくい。そこで早川さんは小さな台を用意しました。それに乗った状態で、片脚を手すりに載せてストレッチしたわけです」

「まるでその目で御覧になったみたいな言い方をなさるのね」美千代はいった。頰《ほお》が少し強張《こわば》っている。声が震えないように気をつけた。

「その台として使われたのが、バルコニーに放置してあった空のプランターです。あれを伏せて置けば、ちょうどいい高さになるのです。プランターをひっくり返したところ、底に丸い跡がいくつかついていました。鑑識の結果、トウシューズの跡らしいと判明しました」

車は美千代の見慣れた街に入ってきた。マンションも近い。落ち着かなければ、と彼女は自分にいい聞かせた。大丈夫。どんなに怪しくても、証拠がなければ彼等には何もできない。

「ここまでお話しすれば、私が何をいいたいのかはおわかりでしょう。台に乗った状態で、片脚をバルコニーの手すりにかける。これは見ようによっては極めて不安定な状態です。仮にその時誰かがそばにいて、台に乗っている早川さんの軸足を摑んで持ち上げたなら、彼女の身体は簡単に手すりを乗り越えてしまうでしょう」

「それをあたしがやったとおっしゃりたいわけね」

「我々は犯人を捜しているだけです」加賀は憎らしいほどに落ち着いた声でいう。「我々の推理によれば、犯人はその後殆ど余計なことはせずに逃走しているのですが、一つだけしていることがあります。それはプランターを動かすことです。そのままでは犯行手段が見抜かれると思ったのでしょう。バルコニーの隅に、まるでバレエとは関係ないというように置いたのです。つまり我々がすべきことは、あのプランターに触れたと思われる人間を捜すことなのです」

先程この刑事がプランターのことを話題にした理由を美千代は悟《さと》った。真意はここにあったのだ。何かのついでのようにしゃべってはいたが、実際にはプランターに触れたかどうかを確認していたのだ。

「さっきもいいましたけど、たしかにあたしはプランターに触れました。でもそれは引っ越しの手伝いをした時なんです」

「わかっています。手袋をしていたとおっしゃいましたね」

「ええ」

「ですから」加賀は車のスピードを緩《ゆる》めた。マンションはすぐそばだ。「その時の手袋を見せていただきたいのです」

5

ドアの外に加賀を待たせたまま、美千代は部屋に入ってクローゼットを開けた。例の手袋を取り出し、鼻を近づけてみる。本当に農薬などが付いているのだろうか。見たところは何も付いていないように見える。しかし加賀がいったように、肉眼で見えるというものでもないのかもしれなかった。

彼女はそれを持って部屋を出た。するとそこには加賀のほかに、もう一人若い男が立っていた。

「これがその手袋ですけど」

しかし加賀はそれを受け取ろうとはせず、こんなことをいった。

「すみませんが、これからちょっと早川さんの部屋まで行きたいのですが」

「彼女の部屋へ？　何のために？」

「確認したいことがあるんです。すぐに終わります」

「これは……」手袋を見せた。

「それはお持ちになっててください」

いい終えると加賀は歩きだした。仕方なく美千代は若い刑事と共に、彼の後を追った。

エレベータでひとつ下がり、早川弘子の部屋へ行った。なぜかドアが開放されていた。ノックもせずに加賀は入っていく。美千代も後に続いた。

部屋の中には三人の男たちがいた。いずれも刑事と思われた。目つきがあまりよくない。彼等は美千代のほうにはその鋭い目を向けてこなかった。わざとそらしているようにも感じられた。

「どうぞこちらへ」リビングルームに立った加賀が手招きした。

「一体何を確かめたいの？」室内を見回しながら美千代は訊いた。段ボール箱が相変わらず積まれたままだ。

「あれを御覧になってください」加賀はバルコニーを指した。「あなたが触ったというプランターはあれですか」

バルコニーの隅にグレーのプランターが置いてあった。

「そうです」と彼女は頷いた。

「わかりました。ではその時にはめていた手袋を見せていただけますか」

美千代が差し出すと、「お預かりしてもいいですか」と加賀は訊いた。どうぞ、と彼女は答えた。

先程の若い刑事が横から現れて、手袋を受け取った。そしてそれをビニール袋に入れた。その手許《てもと》を美千代は不安な思いで眺めた。

加賀がバルコニーに面したガラス戸を開けた。

「ちょっとこっちへ来ていただけますか」

「何がしたいの？　何度もいうようだけど、本番までもう時間がないのよ」

「すぐに終わります。とにかくこちらへ」

美千代は肩で大きく息をしてから近づいていった。

加賀はバルコニーに出た。「あなたもどうぞ」

美千代は足元を見た。スリッパが用意してあった。それを履いてバルコニーに立った。

「もう一度伺います」加賀はいった。「あなたが引っ越し当日に運んだというプランターは、あれに間違いないですね」

「しつこいわね。間違いないといってるでしょ」

「結構」

加賀は頷き、手すりを背にして立った。彼の背後には夕焼けが広がっていた。

「例のファイルを調べたところ、不思議なことがもう一つありました。現在演じられている『アラビアンナイト』にはない振付部分が存在するのです。寺西智也氏が自分の作品として発表する際、削除したと考えられます。私はその削除された部分をバレエの専門家に見せてみました」

「何をいいだすのっ」

だが加賀は抑揚のない口調で続けた。

「削除された部分は、激しい跳躍《ちょうやく》を含んでおり、技術的には無論のこと、体力的に極めて高いレベルが要求されるものでした。それに対して当時のあなたの肉体的な状況はどうだったか。長年酷使してきたせいで、膝も腰も限界に近い状態だったというのが、関係者の証言です。以上のことから私は一つの仮説を立てざるをえません。『アラビアンナイト』を踊って最後の花道を飾りたかったあなたは、御主人に頼んで、難易度の高い部分を削ってもらったのです。しかし数々の栄光を手に入れてきたあなたにとっては、それは誰にも知られてはならないことだった。ところがそれに気づいた人がいた。それが早川弘子さんだったのです」

彼がしゃべっている間、美千代は首を振り続けていた。耳を塞《ふさ》ぎたかった。

「でたらめよ。いい加減なことといわないで」

「そうでしょうか。私はそれ以外に動機はないと思っているのですが」

「くだらない。あたし、帰らせてもらいます」

「あなたの部屋のバルコニーからだと」加賀は斜め上方に顔を向けた。「ここがよく見えるでしょうね」

「何がいいたいの」

「あなたが早川さんのバーレッスンを目撃していた可能性は高いということです。毎日見ていれば、どの程度のレッスンをして、どういうタイミングでストレッチに入るかということも把握《はあく》できるでしょう」

「だから何なのよっ」

「そろそろストレッチにとりかかると思われる頃合を見計らって、あなたは自分の部屋を出て、この部屋のチャイムを鳴らす。早川さんはレッスンを中断し、ドアを開けたでしょう。あなたはちょっと話があるとでもいう。その場合早川さんはどうするか。あなたを待たせて、ストレッチの続きをするでしょうね。何しろダンサーにとって中途半端なレッスンは怪我《けが》のもとですから。

そこでそうしてあなたが見つめる中、ストレッチを再開したに違いありません。後は先程車の中で話したとおりです」加賀は首を曲げ、手すりの向こうを見下ろした。「早川さんが片脚を手すりに載せた直後、あなたは素早く近づき、彼女の軸足を持ち上げたのです。おそらく早川さんは助けを呼ぶ暇もなかったでしょう。落下に要した時間は約二秒。悲鳴さえもあげられなかったと想像します」

美千代の心臓は限界に近いほど大きく跳《は》ねていた。冷や汗が腋《わき》の下を流れていく。手足が冷たい。

不意に——。

早川弘子の足首を掴んだ時の感触が蘇《よみがえ》った。あのレッグウォーマーの手触り。そして落ちていく直前に見せた、弘子の惚《ほう》けたような顔。

「でもそれは想像でしょ」美千代は辛《かろ》うじていった。「証拠は何もないわよね」

「さあそれはどうでしょうか」

「どんな想像をしてくれてもかまわないわよ。あたしは犯人じゃないんだから」

「さっきもいいましたが、犯人は早川さんを落とした後、プランターを動かしました。そこにあるプランターです」

「だからそれを触った人間をマークしているんでしょ。それはいいわよ。でもあたしが触ったのは、引っ越しの時なの。それ以来、ここへは来たこともない」美千代は少し大きな声を出していた。

加賀が腕組みをした。ふうーっと長い息を吐いた。

「寺西さん、それは嘘です」

「何が嘘なもんですか。あたしは本当に……」

美千代が途中で言葉を途切れさせたのは、刑事がかぶりを振り始めたからだった。しかも彼は哀れむような表情をしていた。

「それは、あり得ないんです」

「どうして……」

「そのプランターはね」加賀はバルコニーの隅を指した。「ほぼ新品なんです。まだ値札シールさえも貼られたままでした。我々が調べたところ早川さんがこれを買ったのは、彼女が殺される直前の夕方だったのです」

「そんな……」

美千代の体内で血液が逆流を始めた。全身が一瞬にして熱くなった。

「部屋の中から古い木箱が見つかっています。早川さんは最初、それを台として使っていたようです。でもたぶん使い心地があまりよくなかったのでしょうね。何か台として使えそうなものはないかとホームセンターを物色して、このプランターに目をつけたようです。だから引っ越しの時には、まだこれはここにはなかったし、あなたが触れることなどできるはずがなかったのです。でもあなたは触ったと主張されました。それはなぜですか。警察犬の話などを聞くうちに、後から触ったことがばれるよりは、先にいっておいたほうが怪しまれないと思ったからではないですか」

加賀の物言いは穏やかだが、その言葉は美千代の心に突き刺さった。この刑事がこれまでに発した台詞《せりふ》を彼女は思い起こしていた。何もかもがすべて、この罠《わな》に誘導するための布石だったのだ。

「あなたの目的は」美千代は震える声でいった。「プランターに触ったと、あたしにいわせることだったのね。あたしがそれを口にした時点で、あなたはゲームに勝っていたというわけね」

「あなたの犯行は見事でした。いたずらに策を弄《ろう》さず、極力嘘を少なくしようと工夫しておられた。我々は、いかに怪しいと思われる人物がいても、決め手がなければ手が出せない。その弱点をついておられた。あなたを追いつめるには、何とかもう一つあなたに嘘をつかせる必要があったのです」

美千代は頷いた。なぜか、全身からふっと力が抜けた。

彼女は加賀を見て口元を緩めた。ごく自然に出た笑みだった。

「加賀さん、あなたも嘘をついたわね」

「はっ？」

「本番に間に合うよう、あたしを送り届けてくれるといったじゃない。でも、そんなつもりはなかったんでしょう？」

加賀は眉を寄せ、前髪をかきあげた。

「すみません」

「あたしが行くべきところは、別の場所みたいね」

美千代は部屋に入ろうとした、その時加賀が、「動機は」といった。

「動機はやはり、十五年前に演出内容を変えたことを、世間に知られたくなかったからですか」

彼女は振り向き、首を振った。「違うわ」

「じゃあなぜ……」

「あたしが隠したかったのは、弘子さんの要求に一度でも応じてしまったことよ。それによって、十五年前の舞台が偽物だということを、あたし自身が認めたことになってしまった。あたしはもっと毅然《きぜん》としていればよかったのよ」

「嘘を隠すには、もっと大きな嘘が必要になる」

「人生においてもね」

美千代は遠くに視線を向けた。日はすっかり沈んでいる。

下りていく幕を彼女は思い浮かべた。

冷たい灼熱

1

八月一日、午後二時四十分――。

木嶋《きじま》ひろみは買い物からの帰りに、田沼《たぬま》家の前を通った。

ちょうどカーポートに白い小型乗用車がバックで入ったところだった。運転しているのが田沼美枝子《みえこ》であることに気づいて、ひろみは足を止めた。

間もなく美枝子は車のエンジンを止めて、運転席から降りてきた。真っ赤なTシャツに、グレーのキュロットスカートを穿《は》いていた。そこから伸びる脚は白くて細かった。

美枝子のほうもひろみに気づいたようだ。彼女を見て、目を少し大きくした。

「この間はどうも」と、ひろみはいった。

「えっ……」美枝子のほうは虚をつかれたような顔をしている。

「ほら、ゴミ袋のこと」

それでもすぐには思い出さなかったようだが、数秒して、「ああ」と口を開いた。

「あんなこと、別にどうってことありません」そして口元に笑いを見せた。

「でも本当に助かったわ。ごめんなさいね。ほんとうにもう、どこの野良猫がやったのかしらねえ」

先日、木嶋ひろみが早朝に出したゴミ袋が、回収車が来る前に破られてしまうということがあったのだ。それに気づいて彼女が新しいゴミ袋を取りに戻ろうとしたところ、田沼美枝子が家から出てきて、破れた部分をガムテープで補修してくれたのである。

「車でお買い物にでも行ってきたの？」カーポートを見て、ひろみは訊《き》いた。小型車のボンネットの下から、エアコンの水がぽたぽた落ちている。

「いえ、ちょっとそこまで行ってきただけです」

「そう。でも車があると便利よねえ。特にこんな日は」そういってひろみは掌《てのひら》で顔を扇《あお》いだ。

木嶋家にも車はあるが、それは彼女の亭主が会社に乗っていってしまっている。

ひろみはもう少しおしゃべりをしようかと思ったが、美枝子のほうは何か用でもあるのか、少し落ち着かない様子で、玄関や車のほうをちらちらと見ている。無駄話をしている暇はなさそうだった。

「それじゃ」頭を一つ下げて、ひろみは歩き始めた。額から流れた汗が目に入りそうになった。

小学生の息子が飲む、ウーロン茶の一・五リットル容器が重かった。しかも今日は五キロの米袋もある。スーパーの袋が指に食い込んでいた。

午後三時十分——。

中井利子《なかいとしこ》はいつものコースを辿《たど》って、新聞の集金に回っていた。日差しが強く、アスファルトの路面を見ているだけでも目が痛くなった。鍔《つば》の広い、白い帽子をかぶってはいるが、それでも頭が焼けそうに熱い。

田沼、という表札の出た家の前で彼女は足を止めた。この家は朝刊だけだ。

彼女は小さな門柱に取り付けられた、インターホンのチャイムを鳴らした。ここの奥さんは、たしかまだ若かったはずだ。小さな子供がいるから働きに出られないとかで、留守にしていることはめったにない。車もカーポートに停まっていた。

が、結果は中井利子の予想を裏切るものだった。いくら待っても返事が聞こえないのだ。念のため、もう一度チャイムを鳴らしてみたが、同じことだった。

この暑さの中を出直すのは辛いと思ったが、仕方のないことだ。彼女は古新聞入れの袋と、新聞社が発行している冊子を郵便受けに入れて、次の家を目指して歩き始めた。


午後七時五分——。

田沼洋次《ようじ》は路上で坂上和子《さかがみかずこ》と言葉を交わした。

「あら、田沼さん、お帰りなさい」と、坂上和子のほうがまず声をかけてきたのだ。

彼女は近所に住む主婦だった。年齢は四十前後というところか。洋次自身は特に親しくはないが、妻の美枝子はよく路上でおしゃべりをしているらしい。

和子は自分の家の庭に水を撒《ま》いているところだった。真夏とはいえ、七時を過ぎるとさすがに暗いだろうと思うのだが、それが彼女の習慣であるらしかった。日焼けしたくないからだろうというのが、美枝子の推理だった。

「やあ、こんばんは」と田沼洋次は挨拶《あいさつ》した。「今日も暑かったですね」

「ええ、本当にねえ」坂上和子は植木鉢に水をやりながら答えた。

この後洋次は誰にも会わずに自宅の前に達した。駅からは近いのだが、商店の並ぶ駅前通りとは対照的に、駅裏にあたる住宅街は人通りが少ない。アスファルトが溶けそうな真夏は特にそうだ。

彼の家は、外観を見たかぎりでは、今朝出た時と何も変化がないようだった。二十坪少しの土地に建てた家には、形ばかりの門と、鉢植えをいくつか置けばいっぱいになる狭い庭がついていた。この家を彼は一昨年、三十年のローンを組んで購入したのだった。

彼はズボンのポケットを探り、家の鍵《かぎ》を取り出した。鍵は三つあった。玄関用が二つに、裏口用が一つだ。しかし玄関も、ふだん施錠するのは一つだけである。そちらのほうの鍵穴に鍵を合わせようとして少し手間取った。玄関の明かりがついていないからだ。

鍵を外し、ドアを開けたが、中も真っ暗だった。いつもなら台所のほうから、「お帰りなさい」という美枝子の声が聞こえるはずだった。さらに間もなく一歳になる裕太《ゆうた》が、丸い顔を和室の襖《ふすま》の向こうから覗《のぞ》かせるところだった。

しかし今日は、そのどちらの歓迎も受けることができなかった。洋次は少し考えてから奥に向かって大きな声を出した。

「おい、美枝子」

だが返事はなく、彼の声が狭い廊下で反響しただけだった。彼は玄関の明かりをつけ、もう一度奥の闇に向かって呼びかけた。

「美枝子、いないのか」隣に聞こえそうなほどの声だった。

今度もやはり返事はなかった。洋次は靴を脱ぎ、まずダイニングルームに行って明かりをつけた。テーブルの上には、ガラスコップが一つと朝刊が置いてあった。狭い庭に面したガラス戸には、レースのカーテンがひいてあるだけだ。外から丸見えになっていることを彼は想像した。

ブリーフケースをダイニングの椅子《いす》に置き、彼は隣の和室に入った。そこの明かりもつけたが、美枝子や裕太の姿はなかった。隅に置かれたベビーベッドは、タオルケットがまくれたままになっている。畳の上にクマのぬいぐるみが転がっていた。

続いて彼は廊下に出て、洗面所のドアを開けた。

そこに美枝子が倒れていた。

2

大勢の捜査員が狭い室内を動き回っていた。制服を着ている者、着ていない者、若い男、老《ふ》けた男、様々だった。田沼洋次はダイニングの椅子に座り、彼等の様子をぼんやりと目で追っていた。誰が何を調べているのか、調べたことはどのような形で整理されるのか、彼には全くわからなかった。

洋次が警察に通報してから、約四十分が経過している。彼は何もかもが悪夢の中の出来事のような気がしてならなかった。

美枝子は死んでいた。絶命してから充分に時間が経っていることを示すように、身体は冷えて固くなっていた。それでも洋次は彼女の名前を呼んだ。呼んで、身体を揺すった。もしや奇跡的に息を吹き返すかもしれないと思ったからだ。

「田沼さん」廊下のほうから声がした。

そちらに顔を向けると、長身の、彫《ほ》りの深い顔をした刑事が立っていた。落ち着きのある、それでいて隙のない、鋭い目つきをした男だった。年齢は三十代前半だろうか。

「ちょっと二階に来ていただけますか」

洋次は頷《うなず》き、腰を上げた。全身が鉛《なまり》でできているように重かった。

二階には部屋が三つあった。六畳の和室が一つと、四畳ほどの洋間が二つだ。和室は夫婦の寝室、洋間は子供たちの部屋にするつもりだった。裕太のほかに、子供をもう一人作る予定を立てていたのだ。

刑事は和室の入り口に立った。そして、「こちらへ」と洋次を手招きした。洋次は部屋の入り口に立ち、改めて室内を見た。

この部屋が荒らされていることに気づいたのは、警察に電話してからだった。整理ダンスの引き出しは全て開けられ、中の洋服や下着類が無茶苦茶に引っ張り出されていた。さらに美枝子の鏡台の引き出しも荒らされていた。じつは田沼家の貴重品の殆《ほとん》どが、この鏡台の引き出しに収められていたのだった。

「預金通帳がなくなっているということでしたね」刑事が訊いた。

「はい。それから現金が少し」と洋次は答えた。

「現金はどこにありましたか」

「鏡台の真ん中の引き出しです。妻が生活費を入れていたはずです」

「金額は？」

「たぶん十万円ほど……。いや、もうちょっと少ないかな。先月の末に、銀行から十万円おろしてきたんですけど、今日までにいくらか使っているはずですから」

「ほかの貴重品は確認されましたか」

「そういわれても大したものは……」彼は意味もなく周囲を見回した。

「高額という意味でなくても結構です。重要な書類だとか、希少な品であるとか、とにかく盗まれたら困るというようなものがほかにありませんか」

「いやあ、思いつかないなあ」

妻と子が自分にとっての最大の貴重品だったのだといおうとして言葉を呑《の》み込んだ。ここでいってても仕方のないことだった。

「ではそのタンスには」といって刑事は整理ダンスを指差した。「ふだんどういったものが入っていたのですか」

「ふだんも何も、洋服や下着類だけです。ここに散らばっているものが入っていただけだと思います」

「たしかですね」

「ええ、たしかです」

刑事は頷き、濃い眉《まゆ》を少し寄せた。そうすると目と眉の間隔が狭くなり、やや日本人離れした顔立ちに見える。

とにかく刑事としては何やら合点《がてん》がいかない様子だったが、何が引っかかるのか無論洋次にはわからなかった。

やがて刑事は顔をあげた。「今朝、お子さんにお会いになられましたか」

「会いました」一歳の子供に対して、会うという表現も変だなと思いながら洋次は答えた。

「その時の服装を覚えておられますか」

「さあどうだったか。白っぽい服だったように記憶していますが」

「ちょっとこちらへ」そういって刑事は隣の部屋のドアを開けた。

隣には洋服ダンスと引き出しのついた小さなユニット家具が置いてあった。刑事はユニット家具の一番上の引き出しを開けた。そこには裕太の洋服が収められていた。

「息子さん用の衣類は、すべてここに入れてあるんでしょうか」背の高い刑事は訊いた。

「はあ、たぶんそうだと思います」

「ではこの中を見て、どういう服が見当たらないか、思い出していただけませんか。ここにない服が、現在息子さんが身につけているものということになりますから」

そういうことかと思い、洋次は引き出しの中を探り始めた。数多くのベビー服が、そこには詰め込まれていた。新品同様のものもたくさんあった。洋次が見たことのないものもあった。

「たぶん」彼は手を止めた。「青いゾウの絵の描いたやつだと思います」

「青いゾウ？　動物のゾウですか」

「はい。白地で、胸のところに大きく描いてあるんです。最近買ったばかりのもので、妻が気に入って着せていました」

刑事は洋次のいったことを手帳に記録した。その間洋次は窓から外を眺めた。大勢の捜査員たちが家の周りを歩き回っている。

「それから」と刑事はいった。「いつも息子さんをこの部屋で寝かせているのですか」

「えっ？」

「この部屋で、です。今日はここで寝かされていたようですが」

「はあ、あの、そうなのかな」洋次はきょろきょろした。なぜ刑事がそんなことをいうのかわからなかった。

「ここに厚手のタオルが敷いてあったのです」刑事は窓のそばの床を指した。「ちょうど一歳ぐらいの子供が寝られる大きさに畳んでありました。それから小さな枕も置いてありました。毛髪を採取したいので、すでに回収してしまいましたが」

「ああ」洋次は無意識に顎《あご》をこすった。「そうでしたか。じゃあ、きっとここで昼寝をさせていたんでしょう」

「なぜでしょうね」刑事は首を傾《かし》げた。相変わらず目は鋭い。

「なぜ、といいますと？」

「一階の和室にベビーベッドがありますよね。なぜあそこで寝かせなかったんでしょう」

「さあ……」

適切な答えが思い浮かばなかった。それに、なぜこの刑事がそんなことにこだわるのかもわからなかった。

「何か問題が？」と洋次のほうから尋ねてみた。

「いや、特に問題ということでもないのですが」刑事はまたしても眉間《みけん》に皺《しわ》を寄せ、狭い部屋の中を見回し、次に窓のほうを一瞥《いちべつ》し、最後に洋次の顔を見た。「暑くなかったのかなと思いましてね。この部屋にはエアコンもないし、窓も閉まっていたようです。今日のような日の昼間だと、ここはかなり暑くなったと思うのですが。蒸し風呂みたいに」

「ああ、そういうことですか」洋次は大きく頷いた。「もちろんそうです。だからここで寝かせる時には寝室のエアコンをつけます。ドアを全部開け放てば、ここにも涼しい風が入ってくるんです。狭い家ですからね。冷えすぎないし、直接風が当たらないし、子供を寝かせるにはちょうどいいんです」

「でも、奥さんは一階におられたわけだし、一階で寝かせたほうが目が届いていいと思うのですが」

「すぐに二階に上がるつもりをしていたんじゃないでしょうか」

「何のためにですか」

「洗濯ものを干すつもりだったとか……」

「そういえば奥さんは、洗濯をしようとしておられたところだったようですね。洗濯機の中に洗い物が入っていました」

「そうですか、それは知りませんでした」

「でも洗濯をしている間は一階にいるわけだし、わざわざ二階で寝させることもなかったと思うのですがね。まあ、さほど問題にすることでもないのかもしれませんが」

刑事はそういったが、納得している顔ではなかった。だが洋次としても、これ以上は何とも説明できなかった。本当のところは美枝子にしかわからない。

「ところで最近停電がありましたか？」刑事が訊いてきた。

「停電？　いえ……なぜですか」

「一階の電子レンジの時計が点滅していました。それからビデオの時計も」

「ああ、それでしたら」洋次は唇《くちびる》を舐《な》めた。「二、三日前にブレーカーを落としてしまったんです。その時のままになっているんでしょう」

「なるほど。それならわかります」刑事は頷いた。

「おい、カガ」その時、階下から声がした。

はい、と背の高い刑事が返事した。カガというのが、この刑事の名字らしい。

「田沼さんに来ていただきたいんだが」

「わかりました」答えてからカガ刑事は洋次のほうを見た。「行きましょうか」

洋次は頷いて階段に向かった。

村越《むらこし》という白髪の警部が彼を待ち受けていた。横には彼の部下と思われる刑事が二人いた。そのうちの一人はビールの空き缶を灰皿代わりにして煙草《たばこ》を吸っていた。

「この近くを調べてみましたが、お子さんは見つかりませんでした。引き続き捜索を行いますが、やはり犯人が連れ去った可能性が高いと思われます」村越警部はダイニングルームの中央に立ったまま、淡々とした口調でいった。

洋次はこんな時、どう応じていいのかわからなかった。それでも少し考えてから尋ねた。

「誘拐でしょうか」

「今のところは何とも。しかしそのことも考えておく必要はあります。とりあえず今夜はここに捜査員を泊まり込ませたいのですが」

「はあ、あの、よろしくお願いします」

「ところで」警部はやや茶色みを帯びた目で洋次を見た。「日頃こちらに出入りしている人には、どういった方々がおられますか。思い出せるかぎり、思い出していただきたいのですが」

「どういった人といわれましても、私はあまり昼間は家にいませんし……酒屋さんだとか、クリーニング屋さんだとか……」

「酒屋、クリーニング屋」警部は復唱した。「店の名前はわかりますか」

「はあ、あの、たぶん電話帳に書いてあるはずです」

「ほかには？」

「ほかは……」考えかけたところで彼は顔を上げた。「そういった人たちの中に犯人が？」

「まだわかりません」警部はかぶりを振った。「しかし顔見知りの犯行である可能性は低くありません」

「どういうことですか」

「これまでにわかったことから推測しますと、犯人は玄関ではなく裏口から侵入したと考えられます。裏口の鍵が外れたままになっていましたから。ところが犯人が裏口から入ったところ、洗面所に奥さんがいた――」少し間を置いてから警部は続けた。「そこで犯人は首を絞めて奥さんを殺した。これが計画的なものか、衝動的なものかはまだ断言できませんが、凶器を使っていないことから、侵入した時点では犯人に殺人の意図はなかったのではないかと今のところは考えております。が、それはともかく、問題はその首の絞め方にあります。奥さんは前から絞められているのです」

「前から……」

「それがどういうことを意味するかおわかりですか。裏口から突然見知らぬ人間が入ってきたら、誰でも警戒し、身構えるはずです。声を上げる人もいるでしょう。少なくとも、近づいてくるのを黙って見ている人はいない」

「犯人が入ってきたことに気づかなかったのかも。洗濯機のほうを気にしていたりして……」

「それなら奥さんは後ろから首を絞められているはずです。前から絞められており、しかもさほど激しく抵抗した形跡がないことなどから、奥さんは相手に対して気を許していたところ、急に首を絞められた、と考えるのが妥当だと思われます」

「だから顔見知りの犯行だということですか」

「あくまでも仮説です」そういってから警部は頷いた。

それ以上質問できることもなかったので、洋次はふだん出入りしている人間を思い出すことにした。といってもどうにか思い出せたのは、清掃用具の宅配サービスと新聞の集金人といったところだけだった。

3

眠ったのか眠らなかったのかよくわからないまま、洋次は翌日を迎えた。刑事が二人、泊まり込んでいたが、夜中には特に進展はなかった様子だ。

「今日あたり、犯人から接触があると思いますよ」一方の刑事がいった。洋次は黙って頷いておいた。

事件のことを、彼はまだ誰にも知らせていなかった。子供を連れ去った犯人の狙《ねら》いが判明しない間は極力騒ぎを大きくしないほうがいいという、村越警部の指示に従った形だった。報道規制が敷かれているのか、テレビや新聞でも事件のことは報じられていないようだ。

しかしいずれは皆に知らせねばならない。自分の肉親、そして美枝子の実家の人間たちにどう説明すればいいのかを考えると、洋次は頭が痛くなった。

午後になると、一旦《いったん》二人の刑事は出ていった。そのかわりに、昨日も会ったカガ刑事がやって来た。漢字で加賀と書くらしい。彼は、裕太の顔がもっとはっきりわかる写真はないかというのだった。昨夜、一枚の写真を預けてあったが、光線の加減で顔が見にくいようだ。

「ちょっと待ってください。アルバムがあったはずです」そういってから洋次は、そのアルバムのありかを自分が把握《はあく》していないことに気づいた。赤い表紙のアルバムだったことは覚えている。裕太が生まれた時、お祝いに誰かからもらったのだ。美枝子が使い捨てカメラで撮った写真を、何枚か貼り付けていた。知人が来るたびに、彼女はそれを見せていたようだ。他人の子供の写真など見せられたって迷惑なだけだろうと洋次は醒《さ》めた思いで眺めていた。

あのアルバム、どこにしまってあるのだろう――。

彼は一階の和室に入り、押入を開けてみた。美枝子が家の雑多なものをここに入れていたことを覚えていたからだ。しかしそこには、ミシンやアイロン台、内容物が全く不明の箱や紙袋といったものが、見事なまでにぎっしりと殆ど隙間のない状態で納められていた。何かひとつを動かせば、壊れたパズルのように元に戻すのは困難そうだった。彼は呆然《ぼうぜん》とした気分で立ち尽くし、それらを眺めていた。家の押入がこういう状態だということを彼は初めて知った。一見したところでは、アルバムは見当たらない。

「ありませんか」いつの間にか横に来ていた加賀がいった。

「おかしいな。どこにしまってあるんだろう」洋次は独り言のように呟《つぶや》きながら押入を閉めた。

彼はダイニングルームに行き、食器棚の周辺を見回した。美枝子がダイニングテーブルの上でアルバムを開いていたことを思い出していた。だからこの部屋のどこかに置いてあるのではないかと推測したのだ。

だがどこを見てもアルバムはなかった。ここでも彼は部屋の真ん中で立ち尽くすしかなかった。

「どんなアルバムですか」加賀が尋ねてきた。

「これぐらいの大きさで」洋次は空間で四角を描いた。「赤い表紙のやつです。裕太の写真は全部そこに貼ってあるはずなんですけど」

「厚みはこれぐらいの？」加賀が親指と人差し指を三センチほど開いた。

「ええ」

「それなら昨日の部屋にあったやつじゃないですか」

「昨日の部屋？」

「二階の和室です」

「そんなものありましたか」

「たぶん」加賀は頷いた。

洋次は加賀と共に二階に上がってみた。例の和室に入った。

「これじゃないですか」加賀が整理ダンスの上を指した。家庭用の医学書の横に赤いアルバムが立ててあった。

「あっ、そうです」洋次は手を伸ばした。「こんなところにあったのか」

「今まで御存じなかったようですね」

「写真の整理は妻の仕事だったものですから」

洋次はその場でアルバムを開いた。いきなり目に飛び込んできたのは裸の裕太だ。ベッドの上で穏やかな顔をして眠っている。

胸に衝動がこみあげてきた。それは忽《たちま》ち彼の涙腺《るいせん》を刺激した。しかし彼は懸命に涙をこらえた。ここで泣くわけにはいかない。泣くには早すぎる。まだ裕太の安否は確認されていないのだ。

彼は極めて事務的にアルバムの中から三枚の写真を選んだ。

「こんなところでいかがでしょうか」

「結構です。ありがとうございました」加賀は礼をいった。

「ところで、その後何かわかったんでしょうか」

洋次が訊いてみると、加賀は小さく首を振った。

「目撃情報などを集めているところですが、まだこれといった手がかりは……」

「そうですか」

「でも、きっと何か出てきます」

加賀は上着のポケットに手を入れ、煙草の箱を出してきた。まだ封の切られていない新品の箱だった。

「ええと灰皿は……」

「ないんです。うちは二人とも煙草を吸わないものですから」

「あっ、そうでしたか。では遠慮しておきましょう」加賀は箱をポケットに戻した。「とにかく問題は、犯人が次にどう出るかです。裕太君を連れていったことには何らかの目的があるはずですからね。勝負はこれからですよ」

「だといいのですが」と洋次は答えた。

加賀が帰った後、彼は再び二階に上がり、先程のアルバムを開いた。美枝子によって撮影された写真が数多く貼られている。彼は今まで、それらをじっくりと見たことがなかった。

寝ている裕太、泣いている裕太、笑っている裕太の姿がそこにはあった。写っているのは裕太だけだったが、息子にカメラを向けている美枝子の笑顔も焼き付けられているようだった。また何か熱いものが胸に迫ってきた。

美枝子とは社内結婚だった。職場は別だったが、会社主催のハイキング大会で知り合ったのだ。二人とも旅行好きで、交際中にはあちこちに出かけた。泊まりで旅したことも何度かある。

一番よかった頃だ、と洋次は思った。

結婚してからは、一度も旅行らしいことをしなかった。すぐに美枝子が妊娠したこともある。

裕太が生まれると、ちょっと出かけることさえ難しくなった。

元々、それほど早く子供を作る気はなかった。しばらくは二人だけの生活を楽しんで、それからと考えていた。だから美枝子が妊娠したとわかった時にも、何度か堕胎《だたい》することを検討したのだ。それを実行しなかったのは、どちらもそれほど若くなく、今度子供が欲しくなった時に必ず出来るとはかぎらないという理由からだった。

裕太が生まれたことで得た喜びも大きかったが、諦《あきら》めねばならないことも少なくなかった。二人だけの旅行というのもその一つだ。

それでも、これがいわゆる幸せな家庭なのだろうと洋次は思っていた。家があって子供がいる。贅沢《ぜいたく》ができるほどではないが、安定した収入が得られている。不満に思うことなど何もないはずだった。

裕太の写真で埋まる予定だったアルバムは、中程から空白になっている。一番最新の写真に入っている日付は、約二ヵ月前のものだった。

あたしだって楽しみが欲しいわよ――。

美枝子の声が耳に蘇《よみがえ》った。

4

葬儀は事件の三日後に行われた。解剖があったために、少し遅れたのだ。事件のことは昨日の夜、警察から発表されていた。

当然のことであるが、今回の葬儀は美枝子の分だけである。それでも参列者の誰もが、母子二人分の葬儀と受けとめているらしいことは、その顔を見れば洋次にはよくわかった。

埼玉に住む彼の母は、通夜に現れた時から泣きどおしであった。嫁の死を悲しんだものというより、孫の訃報《ふほう》を予感しての涙であることは明白だった。

この三日間、結局犯人からの連絡は何もなかった。刑事たちは明言こそしないが、そろそろ子供の死体が発見されるのを予想しているようであった。泊まり込んでいた連中も、昨夜全員引き上げた。

田沼洋次が家に帰ったのは、午後六時を少し過ぎた頃だった。日は沈みかけても、地面の発する熱量にはあまり変化がないようだった。彼は喪服の上着を肩に担いでいた。掌にまで汗をかき、骨箱《こつばこ》を包む布が濡れていた。

家の前に男が一人立っていた。加賀刑事だった。彼もまた上着を脱いで、それを右手に持っていた。半袖のシャツから出た腕の筋肉が、汗で光っている。きっと日頃から鍛えているんだろうなと、洋次はぼんやりと思った。

「お疲れさまです」加賀は会釈《えしゃく》しながらいった。

「ずっと待っておられたんですか」

「いいえ、つい先程来たところです。二、三、お尋ねしたいことがありまして」

「そうですか。じゃ、まあどうぞ」洋次は鍵を出しながら門扉《もんぴ》を開けた。

中に入ると、まずダイニングルームのエアコンのスイッチを入れた。ここと二階の寝室にエアコンがついている。

位牌《いはい》や骨箱は、とりあえず一階の和室に置いた。この家には仏壇がない。しかし買わざるをえないだろうなと洋次は思った。彼自身は特に何かを信仰しているわけではない。

「息子さんに関する新情報は、残念ながらこれといったものはありません」ダイニングの椅子に座って加賀がいった。

「そうですか」洋次は力なくいい、黒のネクタイを首から外した。そして胡座《あぐら》をかく。全身がだるい。喉《のど》が渇いているが、冷蔵庫まで動く気力がなかった。

「ところで、新聞の集金人が、あの日こちらを訪ねたそうです」

「集金人？　何時頃ですか」

「午後三時を少し過ぎた頃だったといっています。ところがチャイムを鳴らしても返事がないので、留守だと思ったということです」

「留守だったのかな」

「いえ、ところがですね」加賀は手帳に目を落とした。「それより少し前の二時半頃、近所の女性が奥さんと話をしているのです。奥さんは車でどこかから帰ってこられたところだったと、その女性はいっています」

「じゃあ……」洋次は唾《つば》を飲み込んだ。「新聞屋が来た時には、美枝子はもう殺されていたということでしょうか」

「今のところ、その説が有力です」刑事は慎重な言い方をした。

「午後三時……ですか」洋次は思考を巡《めぐ》らせた。その時自分は何をしていただろうか。

「奥さんは車でどちらに行っておられたんだと思いますか」

「さあ、買い物じゃないのかな」

「でも話をした女性によると、奥さんは買い物袋の類は持っておられず、ちょっとそこまで行ってきただけだとおっしゃったそうです。ちょっとそこまで、というのは、どこのことだと思いますか」

「わかりません。銀行とか役所とか郵便局とか、そういうところじゃないんですか」

「でもそれらはすべて、歩いてすぐのところにありますよ。わざわざ車で行きますか」

洋次は少し考えてから、「今の時期は暑いから」といった。

「それはいえますね」加賀は頷いた。「では、それらのところへ行く用件について、心当たりはありませんか」

「家のことは女房にまかせっきりだったから……すみません」洋次は刑事の顔を見ずに頭を下げた。

「どこの家でも、ご主人はそうおっしゃいますね」

「ここのところ、ずっと仕事に追われてましたから」口に出してから、ひどく言い訳めいた口調であることに洋次は自分で気づいた。

「じつは、奥さんが昼間外出されるのは、あの日にかぎったことではなかったようなのです」

「といいますと……」

「車に乗って出かけられるところを、しばしば近所の人が見ているのです。事件の前日もお出かけのようでした」

「それこそ買い物でしょう。晩飯のおかずでも買いに出たんじゃないですか」

「いや、それは違うでしょう」

加賀の断定的な口調に洋次は戸惑った。彼が瞬《まばた》きすると、刑事は手品の種を明かすようにテーブルの下から何か出してきた。

それはスーパーの袋だった。

「『マルイチ』というスーパーのものです。御存じですよね。ここから歩いて数分のところにあります。奥さんはほぼ毎日、そのスーパーで買い物をされているのです。店員が覚えていますし、こちらの屑籠《くずかご》からレシートも見つかっています」加賀はそういって流し台の横に置いてあるゴミ箱を指差した。

自分の知らぬ間に刑事たちはゴミ箱まで調べていたのか――殺人事件が起きたのだから、その程度のことは当然とわかりつつも、洋次はいい気持ちがしなかった。

「いかがでしょう。奥さんが昼間どちらに行かれてたか、お心当たりはありませんか」

「さあ、それはちょっと……」洋次は首を捻《ひね》り、それから唾を飲み込んだ。

「奥さんがお出かけになるとすれば、当然裕太君も連れていっていたということになりますよね」

「そうでしょうね」

「すると、行けるところというのはかぎられてくると思うんです。この日本というところは、まだまだ子連れでは行動しにくい国ですから」

洋次は黙って顎を引いた。美枝子もよくこぼしていたことだ。小さい子供を連れていると、どこにも行けやしないのよ、お洒落《しゃれ》なブティックも素敵なレストランも映画館もみんな諦めなきゃいけないのよ——そして最後にこう続ける。あなたはいいわよね、面倒なことは全部あたしに押しつけときゃいいんだから。

「どうですか」

「えっ？」

「だから奥さんの行き先についてです」

「ああ」洋次は顎をこすった。「美枝子が親しくしていた人間に訊いておきます。何かわかるかもしれませんから」

そうしてみてください、と加賀はいった。

これで用件は終わったのかと洋次が思った時だった。

「工作機械メーカーにお勤めなんですね」加賀が少し話題を変えてきた。「板橋にある工場で、サービスエンジニアをしておられるとか」

「はあ」なぜ仕事のことを訊くのかなと、洋次は思った。

加賀は手帳を広げた。

「事件当日、あなたは朝から千葉の取引先に行っておられて、工場に戻ったのが午後二時頃。その後三時過ぎから大宮の芦田《あしだ》工業へ行き、六時半に再び工場に帰っておられますね。それから着替えて帰宅、と。これに間違いありませんか」

洋次は思わず目を見開いていた。咄嗟《とっさ》に言葉が出なかった。そんな彼の様子を見て、加賀刑事は申し訳なさそうに頭を下げた。

「会社のほうに問い合わさせていただきました。気分を害されたでしょうが、関係者全員の動きを把握《はあく》しておくというのは、捜査の常道でして」

「いや、別に気分を害したということは」洋次は額の汗を手の甲でぬぐった。「あの日のことはよく覚えてないんですが、会社のほうでお調べになったのなら間違いないと思います。我々のスケジュールは、全部会社が管理していますから」

「ええ。きっちりと記録が残っていました」それから加賀は首を傾げた。「ただ、一点だけ確認したいことがあるんですが」

「何ですか」

「会社の人の話では、田沼さんは芦田工業のほうへお出かけになる時、今日はそのまま帰宅するとおっしゃったそうですね。着替えも持っていかれたとか。それは本当ですか」

「それは……」洋次はその時の記憶を探った。「いったかもしれません。そういうことはよくありますから」

「でも実際には会社のほうへお戻りになられたわけだ」

「ちょっと用を思いだしまして……さほど遠回りでもなかったし、直接帰ってくると、仕事用の車を置くところにも困りますし」

「ああ、そうそう、仕事には車を使っておられるそうですね。サニーのバンで、横に社名が書いてあるやつを。この目で見てきました」

何のためにそんなものまで、と思ったが、洋次は黙っていた。

「ところで」加賀はさらにいった。「その芦田工業に問い合わせたところ、田沼さんがいらっしゃったのは五時頃ということでした。三時過ぎに板橋の会社を出て、大宮の芦田工業に五時。ふつうなら三十分ほどで行ける距離ですよね。ちょっと時間がかかりすぎているように思えるんですが、どこかに寄っておられたのですか」

「いや、あの、本屋に」

「本屋？　どちらの？」加賀は手帳とペンを構えた。

「一七号線沿いにある本屋です」洋次はその場所をいった。時々利用する大型書店だった。「芦田工業さんからは、特に何時に来いとはいわれなかったものですから、ちょっと息抜きをしていたんです。あまり大きな声ではいえませんが」

「何か本をお買いになったのですか」

「いえ、あの日は買いませんでした」

洋次の言葉をメモしているのか、加賀はさかんに手帳に何か書き込んでいた。

「あの」と洋次はいった。刑事が顔を上げた。そのやや荒削りな顔を見ながら洋次は尋ねてみた。「私が疑われているんですか」

「あなたを？」加賀は身体を少し後ろにそらせた。「なぜ？」

「だって念が入りすぎてるじゃないですか。私の会社だけならともかく、取引先のほうまで調べるなんて」

「調べる時には徹底的に調べませんと。これはあなたに関してだけではありません」刑事はわずかに頬を緩《ゆる》めた。計算された笑顔と思えなくもない表情だった。

「本当ですか」

「本当です」

そういわれてしまえば、洋次としては抗議するわけにもいかなかった。

「最後にもう一つお尋ねしたいのですが」加賀が人差し指を立てた。

「何ですか」

「洗面所で倒れていた、奥さんの服装を覚えておられますか。白のＴシャツにキュロットスカートという出《い》で立《た》ちでした」

「そういう感じだったという記憶はあります」

「その点ですが、ちょっとおかしなことが」いいながら刑事は手帳をめくる。「先程いいましたね、近くの主婦が奥さんと言葉を交わしていると。その主婦の話によると、その時の美枝子さんの服は、真っ赤なＴシャツだったそうなんです。鮮やかな色だったので覚えていたそうで、絶対に間違いないそうです。ところが殺された時には白のＴシャツに変わっていた。これは一体どういうことなんでしょう」

刑事の話を聞きながら、洋次は無意識のうちに両方の二の腕をこすっていた。エアコンが効きすぎているわけでもないが、鳥肌が立っていた。

「帰ってから着替えたんでしょう。外に出ていたので、汗をかいたんじゃないですか」

「でも車にはエアコンがついているでしょう」

「あの車、もう古いから」と洋次はいった。「エアコンも壊れてるみたいだし」

「そうなんですか。この季節に、それは大変ですね」

「まあ、壊れているといっても、全く効かないということでもありませんが」いいながら、余計なことばかりしゃべっていると、洋次は思った。

「赤いTシャツは」刑事はいった。「洗濯機の中に他の洗い物と一緒に入っていました。だからやっぱり、洗うつもりだったんでしょう」

洗濯機の中まで調査済みなのかと思い、洋次は気分が一層暗くなった。しかしそれは顔に出さず、「だと思います。汗をかいたんですよ、きっと」と、さっきと同じことを繰り返した。

「でもおかしいですね」

「何がですか」

「赤いTシャツを他のものと一緒に洗ってもいいんでしょうか。色移りするような気がするのですが」

あっと口を開き、その後洋次が何かしゃべろうとした時には、加賀は腰を上げていた。

「ではこれで失礼します」刑事は一礼して出ていった。

5

葬儀の翌日から洋次は出勤した。上司は、もう少しゆっくりしていてもいいといったが、彼は自分から会社に出たのだった。

「家にいても辛《つら》いだけですから」

この台詞《せりふ》には、上司も返す言葉がなかったようだ。

しかし彼は、しばらくは外回りの仕事から外《はず》してほしいと希望した。得意先を相手に愛想笑いをする気分にはとてもなれないというのが、その理由だった。無論この希望も受け入れられた。

洋次は専《もっぱ》ら金属材料室という部屋に詰めた。得意先から預かってきたテストピース、つまり納入した工作機械による試験加工品の分析を、この部屋で行うわけである。溶接品の場合は、その断面を切断して磨き、さらにエッチングして、溶け込み具合や、割れの有無《うむ》、金属組織の質などをチェックする。熱処理品の場合は、硬度分布なども詳しく調べなければならない。神経を遣うし、肩のこる作業だったが、洋次は黙々とこなしていった。金属材料室には多くの人間が出入りしていたが、彼の姿だけはいつもあった。

特に彼は、指先ほどの小さな部品の検査を頻繁《ひんぱん》に行った。その仕事は格別急を要するものでもなかったが、大部分の時間を彼はこれに充《あ》てていた。そのことについて、彼にとやかくいう者はいなかった。研磨機に向かって一心不乱に試料を磨いたり、無言で金属組織の顕微鏡写真を撮り続ける彼を見ると、誰もが声をかけるのさえためらわれるのだった。

「この頃の田沼さん、やっぱりちょっとおかしいよな」

洋次が出勤を始めて二日目には、こんなことをいう者が現れた。

「いつ見ても金属磨きばっかりしてるもんなあ。それに一言もしゃべらないでさ」

「やっぱりショックだったんだろうなあ」

「息子さんがまだ見つかってないしな」

「もうだめだと、自分でも思ってるんじゃないか」

「そうかもな。とにかく鬼気迫る感じでさ、近寄りがたいよ」

「朝だってすごく早いんだよな。俺が来る時には、もう着替えてるもんな。帰りは一番最後だし。あれ、サービス残業なんだぜ」

「そういえば田沼さんとロッカー室で会わないな。前はよくここで馬鹿話したのにさ」

「そんな気分になれるわけないよ。全く気の毒なことさ」

この二人がしゃべっている間も、田沼洋次は金属材料室にいたのだった。

6

事件から一週間が経《た》った八月八日、洋次が駅から自宅への道を歩いていると、後ろから車の近寄ってくる気配がした。さらに、「田沼さん」と声がした。

立ち止まって振り返ると、紺色のセダンの運転席から加賀刑事が顔を出していた。

「ちょっと乗りませんか。是非お連れしたいところがあるんです」

「どこですか」

「それは着いてからのお楽しみということで」刑事は助手席のドアロックを外した。「お時間はとらせません」

「事件に関係することですか」

「もちろんそうです」刑事は大きく頷いた。「さあ、どうぞ」

乗らざるをえない雰囲気になってしまい、洋次は助手席側に回った。

加賀は車を発進させた。レバーを扱う手つきがぎこちなかったので、自分の車ではないらしいと洋次は思った。

「今日は暑かったですね」前を向いたまま加賀はいった。

「全く、参ります」

「職場にはエアコンが？」

「事務所にはついてますが、我々が働いているところは工場だから、スポットクーラーがあるだけです。あれは風の当たるところしか涼しくないんです」

「それは辛そうだ」いいながら加賀はハンドルを切る。

「あの、加賀さん……どこへ？」不安が声に出ぬよう気をつけながら訊いた。

「もうすぐですよ」

実際その後少しして、彼は車のスピードを緩めた。どこかに停車するつもりらしい。

やがてある場所に車は入っていった。広い駐車場だ。その瞬間、洋次は加賀の考えていることを見抜いた。同時に大きく深呼吸していた。

加賀は車を停止させた。しかしエンジンは止めなかった。

「長い時間じゃないし、外はまだ暑いですから、エンジンはかけておきましょう。環境保護団体に見つかったら叱られるでしょうが」サイドブレーキを引き、加賀はいった。

「どうしてここに……」と洋次はいった。だが訊くまでもなく、わかっていることだった。

加賀のほうも、そんな洋次の内心を見抜いているようだ。

「それを説明する必要はないんじゃないですか」穏やかだが、有無をいわせぬ自信に満ちた口調でいった。

「何のことだかさっぱり――」

「息子さんの」洋次の言葉にかぶせて加賀がいった。

洋次は息を呑《の》み、刑事の顔を見た。だが刑事の鋭い、それでいてどこか哀れみを滲《にじ》ませた目に合い、顔をそむけた。

「息子さんの」と加賀はもう一度いった。「遺体が見つかりました」

洋次は目を閉じた。遠くで太鼓《たいこ》が鳴るように、耳鳴りが始まっていた。それは次第に大きくなり、彼の内心を激しく揺さぶった。

だがそれも長くは続かなかった。やがて太鼓の音は消え、白い虚脱感だけが彼の心に残った。

彼はうつむいたままで訊いた。「いつですか」

「ついさっきです」と加賀は答えた。「あなたが会社を出た直後、別の捜査員が捜索しました。そしてロッカー室の、あなたのロッカーで……」

全身の力が抜け、その場に崩れてしまいそうだった。それを耐えて洋次はいった。

「そうですか……」

「この一週間、あなたには常に見張りがついていました。いつかきっと、息子さんのところへ行くに違いないと考えたからです。事件当日のあなたの行動を振り返ると、さほど多くの時間はなかったはずです。あの短時間に、死体の処理を完全に終えたとは思えなかった。一旦どこかへ隠しておき、後でゆっくりと処分する方法を取ったのだろうと推理したわけです。ところがあなたは職場に戻ってからも、全くといっていいほど会社以外のところへは行っておられません。そう考えた時に思い出されたのが、事件当日あなたが一度会社に戻っておられるということです。死体は会社のどこか、しかもあなたしか触れない場所に隠してあるのだと我々は結論付けました」

「それでロッカー室だと……」

「とはいえ、不安ではありましたがね。この季節にロッカー室のようなところへ一週間も置いておけば、腐敗して臭《にお》いを発することは避けられません。他の社員が気づかないはずがないのではないかと」

「そうですね」洋次は頷いた。あの日あの時、彼自身が考えたことでもあった。

「でも発見された遺体を見て、捜査員たちは納得したそうです。同時に、驚嘆したともいってお
りましたが」

刑事に感心されても仕方がないと洋次は思い、ため息をついた。

「樹脂、だそうですね」

「熱硬化性樹脂です」と洋次は答えた。「仕事でよく使っているものですから」

「さすがに技術畑の人は発想が違う」加賀は首を振った。

「大したことじゃありません。苦しまぎれに思いついたことです」

「使い慣れておられるのですね」

「ええ、まあ……」

熱硬化性樹脂とは加熱によって硬化する性質を持った樹脂のことである。それまでは粘性のある液体状だが、一旦固まれば、どんな溶媒にも溶けないし、再び加熱しても溶融しない。そういう特殊な樹脂を、洋次たちは小さな部品の金属組織を観察する時などに使う。つまりその樹脂で部品をくるんだ上で、観察したい部分を切断し、その断面を研磨して、金属組織をエッチング等の方法で調べるのだ。部品が小さすぎると、切断や研磨が困難だからである。

あの日――。

黒いビニール袋に裕太の遺体を入れ、洋次は会社のロッカー室に戻った。そしてそのまま遺体をロッカーに隠した。その後倉庫に行き、古いバケツに硬化前の樹脂をたっぷりと入れると、さらにある特別な液体を何滴かたらして、棒でかき混ぜた。この液体と樹脂が反応して熱を発する

ので、その熱で樹脂そのものが固まるのである。

水飴《みずあめ》状態の樹脂を持ってロッカー室に戻ると、彼は黒いビニール袋の中の息子に、それを頭から注《そそ》いでいった。硬化には数時間かかる。しかし表面だけでも覆《おお》ってくれれば、とりあえず腐臭は防げるはずだった。この作業を彼はあと二回繰り返した。つまりバケツ三杯の樹脂で裕太の身体《からだ》を包んだのである。

裕太の身体が透明な樹脂によって覆われていく様子を、洋次は今も鮮明に思い出すことができる。一生忘れることのできない、地獄のような記憶として、彼の脳裏に焼き付いていくことだろう。しかしそれは彼が受けねばならない制裁にほかならなかった。

「私のことを最初から疑っておられたんですね」洋次は訊いた。

「ええ」と加賀は頷いた。

「やっぱり赤いTシャツですか」

「それもありますが、全体に不自然なことが多すぎました」

「たとえば？」

「あなたは裕太君の服装を正確に覚えていました。白地に青いゾウの絵が描かれたものだとね。それを聞いた時、子育てや家のことを奥さん任せにしない人なのだなと思いました。世の父親というのは、子供のことをかわいがっても、なかなか服のデザインまでは覚えていないものです」

「ああ」洋次は頷いて吐息をついた。「そういわれればそうかもしれない」

「ところが後日あなたは、アルバムを探すのにあんなに苦労されました。さほど意外な場所に置いてあったわけでもないのにね。私は、そちらのほうがあなたの本当の姿ではないかと感じました。そうなると、裕太君の服のデザインを記憶していたことが不自然に思えてくる。そこでこう疑ってみたのです。あなたは裕太君がどこにいるのかを知っているのではないか」

「そういうことでしたか。うまくやったつもりでも、いろいろと抜けがあるものですね」洋次は口元に笑みを浮かべていた。傍《はた》から見れば惨《みじ》めな表情に映るに違いなかった。

「そのほかに、部屋の荒らし方が中途半端でした」

「中途半端？」

「整理ダンスが荒らされているのに、他の部屋のタンスや物入れは無事。一階は全く荒らされていない。これはどう見ても不自然です。さらに犯人が通帳を盗んでいったのも解《げ》せない。そんなもの、銀行に連絡されたら何の役にも立たなくなりますからね」

「あのタンスのことは」洋次は吐息混じりにいった。「私も変だと思った」

「あなたがしたことではないんですか」

「違います」

「では息子さんを二階のあの部屋に寝させたのは？」

「あれも私ではありません」

「じゃあ奥さんが？」

「そうです」

洋次の答えに、加賀刑事は少し考え込んだ様子だった。眉間の皺の深さが、彼の思考の濃密さを物語っているようだった。

刑事は顔を上げた。やや驚きの表情が混じっていた。

「まず奥さんによる狂言があったわけだ」

「そういうことです」

「それで電子レンジやビデオの時計がキャンセルになっていたんだ。ブレーカーを落としたのも奥さんだった」

「馬鹿な女です」洋次は吐き捨てた。

あの灼熱《しゃくねつ》の午後が蘇《よみがえ》った。

7

あの日の午後三時半、彼は自分の家に寄った。忘れ物をしたからで、三時頃に取りに戻るということは、朝のうちに美枝子に電話して知らせてあった。

帰ってみると、美枝子の姿がなかった。裕太もいなかった。さらにエアコンが止まっているらしく、家の中全体がひどく蒸していた。おかしいなと思って洗面所に行ってみたところ、美枝子が倒れていたのだ。そして裏口は開いていた。

驚いて身体を揺すったところ、間もなく彼女は目を開けた。

「ああ、あなた……」うつろな顔で彼女はいった。

「どうしたんだっ」

「それが、あの……誰かに頭を殴《なぐ》られちゃって」

「なんだとっ」洋次はそのまま周囲を見回した。「誰にだ?」

「それが、よくわからないの。洗濯機のほうを向いていたものだから。洗濯機の音で、裏口のドアが開いたことにも気がつかなかったのよ」

洋次はあわてて彼女の後頭部を見た。血は出ていなかったが、だからといって大事に至っていないとはかぎらない。頭部の怪我《けが》がいかに恐ろしいかは彼もわかっていた。

彼女の服に乱れはないようだった。乱暴はされていないらしいと知り、彼は少しほっとした。

「動くな。すぐに病院に電話するから」彼は妻の身体を支えながら、ゆっくりと壁にもたれかけさせた。「いや、その前に警察に電話したほうがいいかな」

「それよりあなた、裕太は?」

「裕太?」妻にいわれて息子のことを思い出した。気が動転していたのだ。彼は再び周囲に目を向けた。「どこにいる?」

「二階で寝させてたんだけど」

「二階で? どうして?」

「遊んでるうちに寝ちゃったのよ。それで隣の部屋のエアコンをつけて、タオルケットをかけておいたんだけど」

「待ってろ」

洋次は足をもつれさせながら階段を駆け上がった。この時彼の頭を占めていたのは、妻を襲った犯人が裕太にも危害を加えていないかということだった。

二階は一階以上に暑くなっていた。熱気が澱《よど》み、何もかもが揺らいで見えそうなぐらいだった。

裕太はその中で寝かされていた。タオルケットの下でぐったりしているのが見えた。

あわてて抱きかかえた瞬間、洋次は事態が最悪であることを知った。幼い息子は息をしておらず、その顔にも身体にも生気がなかった。

身体の内側から何かがせりあがってきた。彼は口を大きく開いた。しかし叫び声は出なかった。その前に全身の力が抜けようとしていた。立っているのがやっとという状態だった。ううう、という呻《うめ》き声だけが腹の底から漏れた。

裕太を抱いたまま彼は階段を下りた。足に力が入らなかった。下りながら、動かない息子の顔を見た。瞼《まぶた》を閉じた裕太の顔は人形のように見えた。白い皮膚は合成樹脂のようだった。

階段の下では美枝子が待っていた。虚無的な目で洋次たちを見上げていた。裕太のことが心配で、じっとしていられなかったのだろうと彼は思った。

「どうしたの？」不吉な事態に気づいたのか、彼女の声は震えていた。

「救急車を……」そういったところでむせた。口の中が異様に乾いていた。「救急車を呼んでくれ」

美枝子の目が大きく見開かれた。

「ゆうたっ」

彼女は駆け寄ってくると、洋次の手の中から奪うようにして裕太を抱いた。すでに充血していた彼女の目から、ぽろぽろと涙がこぼれた。

「ああ、裕太、しっかりして。しっかりして。お願い、目を開けてちょうだい」

その姿は愛する子供を失った母親そのものだった。自分自身が悲嘆にくれていながら、洋次は彼女の失意を思い、さらに胸がしめつけられた。

「まだわからない。ゆっくりと横にさせるんだ。病院に電話するから」

彼は電話機を探した。コードレスホンで、親機は二階にある。一階には子機が置いてあるはずだった。それを探すうち、目に汗が流れ込んできた。その時初めて彼は、自分が滝のように汗をかいていることに気づいた。

裕太のためにも、まず部屋を冷やさなければと思った。それにしても、なぜこんなに暑いのだろう、エアコンが効いていないのだろうか。

リモコンを手に取り、ダイニングの壁に取り付けられているエアコンに向けてスイッチを入れた。だがエアコンは全く反応しなかった。何度か繰り返したが同じことだった。

はっと気づき、彼は洗面所へ行った。ドアの上に配電盤が取り付けられている。カバーを開けてみると、思ったとおり主電源ブレーカーが落とされていた。「くそっ」

彼はブレーカーを入れた。落としていったのは犯人に違いなかった。目的はよくわからない。たぶん何か事情があってしたことなのだろう。だがそれが裕太の命を奪ったことは確実だった。

怒りと憎悪で全身が一度ぶるると震えた。

和室では美枝子が泣き続けていた。その肩は小刻みに揺れていた。

コードレスホンの子機が和室の隅に転がっていた。彼はそれを手にした。１１９と押す前に、もう一度裕太のそばへ行った。

「だめか……」

彼の問いかけに美枝子は答えなかった。こぼれた涙が畳を濡らしていた。裕太はぴくりとも動かない。

彼は妻の肩を抱いた。かけるべき言葉が思いつかなかった。「あなた……」と彼女のほうから身を寄せてきた。

あることに気づいたのは、まさにその時だった。

それはこの上もなく不愉快な思いつきだった。その状況で考えついたこと自体、不思議とさえいえた。もしかすると極限状態だったからこそ、あのかすかな瑕瑾《かきん》を見逃さなかったのかもしれない。

洋次は美枝子の身体を離した。妻はまだ泣いていた。だがそんな彼女に向かって、彼は訊いたのだ。

「おまえ、またあそこへ行ってきたのか？」

8

「美枝子が嘘《うそ》をついているということに気づいたんです。あることがきっかけでね」洋次は淡々と話し続けた。「直感、といえばいいのかな。あの女がどんな愚《おろ》かなことをしたか、一瞬にして悟ったんですよ」

「本人は嘘を認めたのですか」

「言葉では認めていません。でもその顔を見れば、どんなに鈍感な人間でも、あいつが嘘をついていることはわかったと思います」

たぶんあの嘘は彼女にとっても重すぎたのだ。今にも崩れそうになりながら、必死で演技をしていたに違いない。だから洋次の言葉を聞くと、もう支えきれなくなったのだ。

「全く馬鹿な女です。馬鹿なくせにプライドだけは高かったから、あれだけ世間で問題になっていることを自分がしてしまったなどとは、とても人にいえなかったのでしょう。もちろん私にもね。それであんな狂言をしたんです。自分は強盗に襲われた、その強盗が去り際にブレーカーを落としていった、だからエアコンが止まった――そういう筋書きでしのごうとしたわけです。おっしゃるとおり、整理ダンスだけを荒らしたというのは不自然です。たぶんそろそろ私が帰ってくる頃だと思い、あわてたんでしょう。通帳が奪われたように見せかけたのもお笑いです。頭の悪い女は何をやらせてもだめなもんです。通帳はまだ見つかりません。おそらく焼いたんだと思います」

「愚かなことをしたから、奥さんの首を絞めたんですか」感情のこもらない声で加賀刑事は訊いた。

少し間を置いてから洋次は首を振った。

「わかりません。そうじゃないかもしれない。もしかしたら、私もまた、こんな不細工なことで息子を失ってしまったことを隠したかったのかもしれません。もちろん、その直接の原因を作った美枝子に対して憎しみを抱いたことは事実ですが」

両手の親指が美枝子の喉に食い込む感触を洋次は思い出していた。その直前に見せた彼女の怯《おび》えの表情も。だが彼女は激しくは抵抗してこなかった。殺されても当然だと思ったのかもしれない。洋次にしても、後悔の念など全く湧《わ》いてこなかった。

「奥さんを殺した後、今度はあなたが狂言を演じたわけだ」

「馬鹿げたことです。自分でもそう思います」洋次は苦笑した。それはポーズではなかった。

「お笑いください。私はね、二度目に家に帰った時、実際に美枝子の名前を呼んで、探し回るふりをしたんですよ。外にいる誰かが声を聞くかもしれない、窓から誰かが覗いているかもしれないと思ってね。ご丁寧に、美枝子の死体を見つけた時には、腰を抜かすふりまでしたんです」

「ただし奥さんの狂言と違うのは、息子さんの死体を隠したことですね」

「死体を調べられたら、本当のことなんかすぐにわかると思いましたから」洋次は肩をすくめ、首を振った。「いくら閉めきってたからって、うちの二階で寝てた程度じゃ、そう簡単には熱射病になったり、脱水症状を起こしたりはしないでしょう」

「ありえないことではないと思いますが、不自然さは残ったでしょうね」と加賀はいった。

ここで洋次はふと疑問に思うことがあって刑事に訊いた。「裕太の死因はもう調べたのですか」

「まさか。これからです」刑事はちょっと歯を見せてから、すぐに頰《ほお》を引き締めた。「でも熱射病だということは予想していました。だからここへお連れしたのです」

「どうしてわかったんですか」

「まあ、勘だといってしまえばそれまでなのですが」加賀は鼻の下をこすった。「赤いTシャツがヒントになりました」

「やっぱり……」

「あなたもそうだったんですね」

ええ、と洋次は頷いた。

「あのTシャツを着た美枝子の身体を引き寄せた時、あいつが嘘をついていることがわかったんです。だからあいつを殺した後も、このままでは警察に気づかれると思って、白いTシャツに着替えさせたんです。死体に服を着替えさせるのは大変でした」

「赤いTシャツには煙草の臭いがしみついていましたからね。ついでにいいますと、奥さんの髪にも」と加賀はいった。「あなた方は二人とも煙草を吸わないにもかかわらず」

そういわれて洋次は刑事の顔を見返した。同時に思い出していた。アルバムの写真を借りに来た時、加賀は灰皿はないかと尋ねた。

「加賀さん……あなた、煙草は？」

「吸いません」加賀は微笑《ほほえ》んで答えた。

「そうか。だからあの時の箱も新品だったんだ」

あの時すでにいくつかの鍵を摑《つか》んでいたのだなと合点した。最初から、うまくいくはずのない狂言だったのだ。

「奥さんが毎日のように車で出かけていたという証言もヒントになりました。煙草を吸わない人が、あれだけ強い臭いをつけるとしたら、その場所はかぎられてくる。聞き込みをしたところ、この店で奥さんをよく見かけたという情報を得たわけです」加賀は目の前の建物を見た。

「みっともないことです」

「あの日も奥さんはここに来ておられたようです。それを知った時、行方のわからない裕太君の身に何が起こったのかを察知しました」

「熱射病ですか」洋次はいい、加賀が小さく頷くのを見て、またしても苦笑した。「そんなことは今時誰でも想像がつきますよね。それだけ大きな社会問題になっているということだ。それなのに、まさにその過《あやま》ちを犯してしまうなんて……」

彼は車のエアコンスイッチに手を伸ばし、オフにした。送風口から出てくる風が、たちまち生暖かいものに変わった。続いて彼は、その送風さえ止めてみた。車内の温度が上昇していくのがわかった。ガラスを通して入ってくる太陽光は、すべてのものを熱し続けた。洋次は全身から汗が噴き出すのを感じた。

「辛いですね」加賀が呟いた。彼の額にも汗が浮いていた。

「灼熱地獄ですよ」洋次はエアコンのスイッチを元に戻した。「こんなところに放置されたら、大人だって死んでしまう」

「車のエアコンの調子が悪いとおっしゃってましたが」

「正確にいうと、エンジンの調子が悪いんです。エアコンをかけたままアイドリングをしていたら、時々止まってしまうことがあるんです」

「その故障のことを奥さんは……」

「さあ、知らなかったんじゃないですか」

せめてそう思いたかった。

「最後に一つお訊きしたいんですが」加賀はいった。「鏡台の引き出しにあったという生活費の十万円は……」

洋次は顔をこすり、前方に目を向けた。

「わかりません。私が見た時には一万円だって残ってなかった。たぶん、あそこにつぎ込んだんじゃないんですか」そういって目の前に立つ建物を顎で示した。

「奥さんは何に魅せられたんでしょうか」

「どうでしょうか。あいつにとっては、何でもよかったんじゃないですか。とにかく現実から逃げられる場所であれば」

「今のあなたはそのことを御存じなわけだ」

「そう、前の私は知らなかった。本当は、私があいつの逃げ場所になってやらなきゃいけなかったんですが」

行きましょう、と洋次はいった。

煌々《こうこう》と光る派手なネオンサインを後にして、車は駐車場を出た。

第二の希望

1

楠木《くすのき》母子にとって重要な一日が始まろうとしていた。

真智子《まちこ》は平日と同じように、理砂《りさ》と一緒にエレベータに乗り、マンションの下まで降りた。いつもは二人で駅まで歩くのだが、今日はマンションを出たところで真智子は娘を見送ることにした。

「じゃ、がんばってね」と真智子は声をかけた。

「うん。ママ、後から見に来てくれるんだよね」

「そのつもりよ」

「きっとだよ」そういうと理砂は駅に向かって歩きだした。

小柄な娘の後ろ姿を、真智子は祈るような気持ちで見送った。その祈りには様々な願いが込められている。これまでの日々がビデオを早回しするように蘇《よみがえ》る。印象深いシーンでは画像が一《いっ》旦《たん》停止した。そしてまだ見ぬ映像のラストがハッピーエンドであることだけを彼女は願った。

すぐそばの薬屋から、白い猫を抱いた一人の老婦人が出てきた。彼女は理砂を見ると、目を細めた。

「あら、日曜日なのに、もうお出かけ？」

「競技会があるの」と理砂は答えた。「トムはもう馴《な》れた？」

「ええ、なんとかね」

トムというのは、老婦人が抱いているチンチラペルシャの名前だった。彼女はその猫を今週から預かっているのだという。真智子と理砂は水曜日の朝に、その猫を初めて見た。あまりの美しさとかわいらしさに声を上げ、交代で抱かせてもらったものだ。

理砂は猫の頭を二、三回撫《な》でると、真智子に向かって手を振ってから再び歩き始めた。

彼女の姿が見えなくなると、猫を抱いた老婦人は真智子のほうへ歩み寄ってきた。

「理砂ちゃん、しっかりしてるわねえ。あんなことがあったのに」

「気にはなっていると思うんですけど、考えないようにしてるみたいです」

「そうね、それがいいわね。あまり考えすぎると身体《からだ》が思うように動かないかもしれないし。今日は大事な日なんでしょう？」

「ええ」真智子は小さく頷《うなず》いた。

「あなたも早く忘れたほうがいいわよ。難しいでしょうけど」

「そうしたいと思ってます」真智子は笑みを作ろうとした。

老婦人が好奇心まるだしでいろいろと尋ねてこないことをありがたく思った。関心がないはずがなかったからだ。しかし彼女は近所のマンションで起きた事件よりも、自分の腕の中で気持ちよさそうにじっとしているチンチラペルシャのことが気になる様子で、優しい眼差《まなざ》しをそれに向けていた。

「トムちゃん、いつまでいるんですか」真智子は訊《き》いてみた。

「明日までなのよ。飼い主が旅行から帰ってきちゃうから」声に残念そうな響きが込められていた。

「寂しいですね」

「そうなの。日に日にかわいくなってくるのよ。もう少しゆっくり旅行してきてもいいなんて思っちゃって」

「そうでしょうね」

真智子はチンチラペルシャの頭と背中を撫《な》でさせてもらってからマンションに戻った。

部屋に帰ると、彼女はダイニングチェアに座り、サイドボードの上に置かれた時計を睨《にら》んだ。文字盤に小さな花の模様が描かれた時計は、十二年も前に、結婚祝いとして知人から貰《もら》ったものだ。その時計は九時二十分を指していた。

真智子は何時になったら出かけようかと考えていた。あまり早く行きすぎて、理砂の邪魔《じゃま》になってはいけない。といって、競技に遅れたりしたら大変だ。

今日があたしたち母子のスタートの日だ、と真智子は思っていた。今日を境に、すべてを一変させねばならない。

そのためにも、厄介《やっかい》なことは早く片づけないと――。

真智子は、四日前の夜、こうして時計を睨んでいた時のことを思い出した。彼女にとっては悪夢の夜だった。

2

水曜日だった。その日はずっと、今にも雨が落ちてきそうな空模様だったが、結局降らないまま夜になっていた。

最寄《もよ》りの交番から二人の制服警官が駆け付けてきたのは、真智子が電話で通報してから約七分後だった。しかし彼等が来ても、事態に大きな変化はなかった。彼等が彼女に命じたことは、「そのまま待っていてください」ということだったからだ。

さらに数分して、所轄《しょかつ》の警察署から刑事たちが到着した。いかつい顔の男、老獪《ろうかい》そうな男、鋭い目をした男と、いろいろだった。彼等はいずれも刑事らしい雰囲気を備えていた。要するに隙がなさそうに見えた。対峙《たいじ》しただけで真智子は、身体の感覚の何パーセントかを失っていた。冷静な判断ができそうになく、不安になった。

「死体はどこですか」

最初に訊かれたことは、それだった。どういう刑事が質問してきたのかも真智子はよく覚えていない。刑事たちのほうから自己紹介はなく、これから何をするのかという説明もなかった。

「奥の部屋です」

真智子が答えた時には、すでに何人かの男たちは靴を脱ぎ、部屋に上がり込んでいた。

「奥さんを外にお連れして」

誰かがいい、誰かが真智子を外に連れ出した。刑事たちが動き回る気配を、彼女は背中で感じた。室内がどんなふうに調べられているのかと思うと、わけもなく不安になった。

間もなく一人の男が部屋から出てきて、真智子に近づいてきた。背が高く、鋭い目つきをした男だった。自分と同い年か、もう少し上かもしれないと彼女は思った。彼女は今年、三十四になっていた。

男は手帳を出して名乗った。練馬警察署の加賀という刑事だった。低いが、よく響く声をしていた。

「楠木真智子さん……ですね」

「そうです」

「ちょっとこちらへ」

真智子は加賀に、非常階段のそばまで連れていかれた。近くのドアが開き、中年女性が顔を覗《のぞ》かせたが、刑事と目が合ったらしくすぐに引っ込んだ。

「死体を発見した時の状況を、できるだけ詳しく話してください」加賀はいった。

「あの、どこから話せばいいか……」

「どこからでも結構です。思い出したところから自由に話してください」

真智子は頷き、まず深呼吸を一つした。

「仕事から帰ってきて、玄関の鍵《かぎ》をあけようとしたら、すでにあいていたんです。それで娘がもう帰っているのかなと思って中に入ってみたら、部屋があんなふうで……」

「あんなふう、とは？」

「だから……荒らされてた、ということです。あんなふうに散らかっていることなんて、ふつうありませんから」

「なるほど。それで？」

「変だと思って、奥の部屋に行きました」

「奥には和室と洋室がありますね。先に入ったのはどちらですか」

「和室です。そうしたら……」

「男性の死体が倒れていた？」

「ええ」真智子は顎《あご》を引いた。

「その後は？」

「すぐに電話をしました。警察に」

加賀は手帳に何か書き込み、そのメモしたものを見つめて黙っていた。居心地《いごこち》の悪くなる沈黙だった。彼の眉間《みけん》の皺《しわ》を見ていると、何か自分がおかしなことをいってしまったのだろうかと不安になってくる。

「窓はどうでしたか。閉まってましたか」

「閉まってた、と思います。よく覚えてませんけど」

「ということは、窓には近づいてないということですね」

「そうです。電話をかけた後は、ダイニングでじっとしていました」

「和室で死体を見つけた後、ほかのものには一切手を触れてないということでしょうか」

はい、と真智子は答えた。

「あなたがお帰りになったのは何時頃ですか」

「九時半頃だったと思います」

「それは、いつ、どうやって時刻を確認したわけですか」

細かく質問してくる刑事の口元を見て、彼が先程、「できるだけ詳しく」といったのを真智子は思い出した。

「マンションの前まで来た時、何気なく腕時計を見ました。それに、警察に電話した後も、ずっと時計を睨んでいました」

「その後、電話がかかってきたり、あなたのほうから電話をかけたということは？」

「ありません」

加賀は頷いて自分の腕時計を見た。それにつられて、真智子も左手にはめたままの時計に目を落とした。十時を少し回ったところだった。

「ご主人は？」

加賀の質問に、真智子は小さく首を振った。

「離婚しました。五年前に」

「ははあ」加賀が小さく息を吸い込む気配があった。「現在その方と連絡は？」

「とれますけど、殆《ほとん》ど連絡しません。ただ、時々あっちのほうから電話はかかってきます。娘の声を聞きたいようです」

何の関係があるんだろうと真智子は思った。

「娘さんがいらっしゃるんですか。ほかにお子さんは？」

「娘だけです」

「お名前は？」

「理砂といいます」

理科の理に、砂と書くのだと彼女は説明した。

「おいくつですか」

「十一歳です」

「今はいらっしゃらないようですね。塾にでも行っておられるのですか」

「いえ、スポーツクラブに通わせているんです。もうそろそろ帰ってくるはずですけど」

彼女は再び時計を見た。午後七時から九時半までが練習時間だった。

「こんな遅い時間にですか。何か特殊なスポーツを習っておられるとかですか」

「体操です」

「体操？　器械体操ですか」

「ええ」

「へえ、それは――」

加賀はさらに何かいおうとしたようだが、特に思いつくことはなかったらしい。娘に器械体操を習わせてると真智子がいうと、大抵の人間がこういう反応を示す。

「すると、あなたが一人で娘さんを育てておられるわけですか」

「そうなります」

「大変でしょうね。ええと、お仕事は？」

「近くにある会計事務所で事務をしています。それから週に三度、ダンススクールで教えています。今日が、そのスクールのあった日なんです。それで、遅くなりました」

「週に三度というと？」

「月、水、金の三日です」

加賀は頷いて、それらのことを手帳にメモした。

「ええと、それで――」加賀は顔を上げ、親指で後方を、つまり真智子の部屋のほうを指した。

「毛利周介《もうりしゅうすけ》さんとは、どういうご関係ですか」

いきなり毛利の名前を出されたので、真智子は驚いて目を見張った。

「免許証から身元がわかったんですよ」彼女の内心を見抜いたように刑事はいった。「名刺から、勤め先もわかりました。デパートの外商部らしいですね」それから加賀は改めて訊いた。

「どういうご関係ですか。それとも面識はないんですか」

「いいえ、よく存じております。というより――」彼女は唾《つば》を飲もうとしたが、口の中はからからに乾いていた。それで仕方なくそのまま続けた。「親しくしていただいておりました」

「というと、つまり、交際しておられたということですか」

はい、と彼女は答えた。

「いつ頃からですか」

「半年ほど前から……だったと思います」

「よくお宅にいらしてたのですか」

「ええ。時々」

「今日も、いらっしゃる予定だったのですか」

「いえ、聞いてません。ふつうは予《あらかじ》め連絡してから来るんです。でも、急に立ち寄ることも少なくありませんでした」

「なるほど」

加賀は表情から何かを読み取ろうと思ったのか、真智子の目をじっと見つめてきた。彼女はそれに耐えきれず、目を伏せた。現在の自分が、恋人を失った女に見えるだろうかと、ふと考えた。こういう時には涙を流すものではないのか。あるいは半狂乱になるものではないのか。だが彼女にはできなかった。そんな演技はできなかった。

「結婚の約束をしておられたのですか」

「いえ、そんなことは……」

実際真智子は、毛利周介との結婚を考えたことはなかった。

「毛利さんには部屋の鍵《かぎ》を渡してあったのですか」

「はい」

「娘さんも鍵を持っておられるわけですね」

「そうです」

「ほかに鍵を持っている人は？」

「おりません」

「賃貸マンションの場合、ふつう不動産屋から受け取る鍵は二本ですよね。ということは、さらにもう一本お作りになったのですか」

「彼に渡したほうは、三ヵ月ほど前に作った合鍵です」

「作った店を覚えていますか」

「覚えています。近所の合鍵屋さんです。アドレス帳に電話番号を書いてありますけど」

「あとで教えてください」加賀はまた何か手帳にメモしてから、「それで」と声を低くした。「今度のことについて、何かお心当たりは？」

「心当たり……ですか」

真智子は懸命に考えた。毛利周介との最近の会話を思い出そうとした。彼が誰かから殺されそうなエピソードが、どこかに潜《ひそ》んでいないかと思った。しかし何も思い出せなかった。そして気づいた。彼とはこのところ、まともな会話を交わしていなかった。二人が口にしたのは、大して意味のない、空虚な台詞《せりふ》ばかりだった。

彼女としては首を振るしかなかった。「何もありません」

「そうですか。まあ、今この段階で何か思い出せといっても、無理な話かもしれません」加賀はいった。慰《なぐさ》めのつもりだったのかどうか、真智子にはわからなかった。

その時だ。廊下の先にあるエレベータの扉が開いた。このマンションは全体が七階建てで、ここは三階だった。

エレベータから降りてきたのは理砂だった。トレーニングウェアを着て、小さなスポーツバッグを肩から提《さ》げていた。長い髪を後ろでしばっている。彼女は周りの雰囲気がいつもと違っていることに気づいたらしく、立ち止まり、戸惑った目をした。だがやがて、真智子のほうを向いた。見知らぬ男と一緒にいるからか、警戒する表情だった。

「お嬢さんですか」母娘が目線を交わすのに気づいたらしく、加賀は訊いた。

はいと真智子は答えた。

「では、事件のことをお嬢さんに説明していただけますか。それとも、自分のほうから話しましょうか」

「いえ、あたしが」そういうと真智子は娘に近づいていった。理砂は立ち止まったまま、母親の顔を見つめている。

真智子は深呼吸を一つした。

「あのね、家に強盗が入ったらしいの」

理砂はすぐには反応しなかった。顔を母親に向けたまま、黒目だけを左右に動かした。やがて、「えっ?」と小さく漏らした。

「強盗。それでね、あの、毛利さんを知ってるでしょ。あの人がね……」

この先をどう続ければいいか、真智子は迷った。何とか刺激の弱い表現はないものかと言葉を探したが思いつかなかった。

いい淀《よど》んでいると理砂のほうから訊いてきた。「毛利さんがどうかしたの?」

「うん。あのね、毛利さんが……殺されたの」語尾が震えた。

ここでもやはり理砂の反応は鈍かった。それで、よく聞こえなかったのだろうかと真智子は思った。

すると、理砂はいった。「そうなんだ……」

特にショックを受けている様子でもなかった。近頃の子供はこの程度のことでは動揺しないのだろうかと真智子は思った。それとも実感がわかないのか。

後ろに誰かが立つ気配があった。

「スポーツクラブに行ってきたそうだね」加賀が訊いた。

理砂は顔に比べて大きな目で刑事を見上げ、こっくりと頷いた。彼が刑事であることは説明不要らしい。

「何時頃、家を出た?」

「朝、家を出て、そのまま」

「そのまま？」

「学校が終わって、そのままクラブに行ったから」

「じゃあ、今初めて家に帰ってきたわけ？」

そう、と理砂は答えた。

「いつも大抵そうなんです」真智子は横からいい添えた。

加賀は黙って頷いていた。

真智子たちの部屋のドアが開き、別の刑事が顔を出した。

「加賀さん、奥さんに入ってもらってくれということです」

加賀は若い刑事に向かって軽く手を上げてから、「いいですか」と真智子に尋ねた。はい、と彼女は答えたが、気になることがあった。

「あの、娘は……」

できれば死体を見せたくなかったのだ。

察したらしく、加賀は若い刑事に、「ここでお嬢さんの話を聞いてくれ」と命じた。それから改めて真智子に、「では、お願いします」といった。

3

真智子と理砂が住む部屋は、一般に2LDKと呼ばれるものだった。玄関から入ってすぐのところにダイニングキッチンがある。真智子は綺麗好きを自認しているつもりだが、今はダイニングテーブルやサイドボードの上に置いてあったものが、殆どすべて床に落ち、あるものは壊れ、あるものは床を汚していた。無傷なのは、例の結婚記念に貰《もら》った時計ぐらいだった。

ダイニングの奥に二つの六畳間があった。向かって右側が洋室で、左側が和室になっている。洋室にはドアがついているが、今は開放されていた。実質的に理砂の専用になっており、小さなベッドや勉強机、本棚などが置いてある。一人の刑事が歩き回っているのが見えた。

和室とダイニングとは、襖《ふすま》によって隔てられていたが、今はその襖が外され、流しの前に立てかけられていた。表の紙は、見るも無惨に破かれている。枠も一部が折れたようになっていた。

壁際にタンスが二本並んでいる。そのせいでこの部屋は一層狭くなっていた。寝る時には布団を押入から引っ張り出してくるのだ。理砂にベッドを買い与えるまでは、二組の布団を敷いて、母娘仲良く並んで寝たものだった。

そのタンスの引き出しは殆どすべて開けられ、中のものが引っ張り出されていた。お気に入りだったドレスの裾《すそ》が畳に垂れ下がっている。

それだけではなかった。壁にかけられていた額縁《がくぶち》は落ち、ガラスが割れていた。誰かがヒステリックに暴れたようにしか見えなかった。

和室のほぼ中央に、青い毛布をかけられた塊《かたまり》があった。それが毛利周介の手足を縮めた形であることを真智子は知っている。

一人の刑事が、うずくまった姿勢で畳の上を凝視していた。犯人の遺留品を探しているのかもしれない。無論それ以外の目的もあるのだろうが、真智子にはその内容はわからなかった。

捜査の指揮を執《と》っているのは、痩《や》せて皺《しわ》の多い男だった。山辺《やまべ》と名乗った。

「このたびはお気の毒なことです」山辺は神妙な顔をしていった。

真智子は黙って目を伏せた。こんな時には泣いたほうがいいのではないかという考えが、またしても脳裏を横切った。

「さぞかし気が動転しておられることだろうと思うのですが、一刻も早く犯人を逮捕するために、ぜひご協力をお願いします」

「ええ……あの、何をすれば……」

「まず、何か盗まれたものがないかどうか調べてください。強盗の可能性もありますから」

「あ、はい」

答えたが、何を調べればいいのか、全く思いつかなかった。この部屋のどこにも、盗んで得をするものなどないことを、彼女は十分に知っていた。現金も、余分には置かない主義なのだ。それでも一応タンスの引き出しの中を見て、刑事たちに見せるのも恥ずかしいアクセサリーの類をチェックしてみることにした。頭の中では、山辺の言葉が引っかかっていた。強盗の可能性もありますから、と彼はいった。強盗でないとしたら、どうだと彼等は考えているのだろう。

「いかがですか」加賀が尋ねてきた。「何か異状ありますか」

いいえ、と彼女は答えながら引き出しを元に戻した。それから徐《おもむろ》に鏡台に近づき、一番下の引き出しを開けた。そして、あっ、と小さく声を漏らした。

「何か？」

「預金通帳がなくなっています。ここに入れておいたんですけど」

「印鑑はどうですか」

「ありません」

「銀行名と支店、口座番号はわかりますか」

「わかります」

真智子は自分の財布からキャッシュカードを取り出し、それらの情報を加賀に伝えた。彼は素早くメモを取った。

その時、別の刑事がやってきて、小声で山辺に何かいった。山辺は小さく頷き、加賀を見てため息をついた。

「ようやく本庁の連中が到着したらしい」

すると加賀は真智子を見て、申し訳なさそうな顔をした。

「また同じ話をしていただくことになると思いますが、ご勘弁ください」

「それは構いません」

何十回でも、何百回でも、同じ話をするだけだと真智子は思った。

警視庁から来た中年の刑事は、粘着質な口のききかたをする男だった。それだけでなく同じことを違う角度から質問するのを得意としているようだった。

「もう一度確認しますがね、あなたが会計事務所を出たのが午後五時頃。その後、本屋やデパートに立ち寄り、ダンススクールに着いたのが午後七時頃。それからレッスンをして、九時過ぎにスクールを出て、家に到着したのが九時半ということでしたね。これに間違いありませんか」

「間違いないと思います」

「ダンススクールは駅前にあるんでしたね。そこまでは徒歩で通っていると」

「そうです」

「会計事務所での勤務時間は、朝九時から五時までと……その間、外に出ることは全然ないんですか」

「時々あります。でも、今日は外出しませんでした。事務所の人に訊いてもらえばわかると思います」

「ダンススクールではどうですか。途中で抜けるようなことはありませんでしたか」

「ありません」

「たしかですね」

「たしかです」

「となると、問題は五時から七時の間ですなあ。その間、ずーっとお一人だったわけですか。誰かと携帯電話で話をしたということもないのですか」

「ずっと一人でした。電話もしませんでした」

「どこの店に立ち寄ったかということだけでも、思い出していただけると助かるんですがねえ」

「それが、あまりよく覚えてないんです。ぼんやり歩いてたものですから。アリバイがなくて残念ですけど」

「いや、別にあなたを疑っているというわけではないんですが」

本間《ほんま》という刑事がいったこの台詞を、真智子は鵜呑《うの》みにする気になれなかった。疑ってなくてどうして、五時から七時の間のアリバイがないことを、「問題」などと表現するだろう。

サイドテーブルの上の時計が十一時半を示していた。いつまでこうしていればいいのだろうと、ダイニングテーブルで刑事と向き合いながら彼女は思った。

「ところで、これをご覧になられましたか」本間刑事が彼女の前に出したのは、宅配便の不在連絡票だった。「玄関に落ちていたらしいのですが」

「いいえ、見ていません」

その紙には、配達員が午後七時頃に荷物を届けに来たが、不在だったので持ち帰ったという意味のことが記《しる》されていた。荷物の送り主は、以前同じ会社に勤めていた女友達だった。ヨーロッパ旅行に行ってきたので、お土産《みやげ》を送るという電話が、先日あったばかりだった。そのことを真智子は本間に話した。

「つい今しがた、その配送会社に電話して確かめてみたのです。配達員がここへ来たのは、七時十分頃だったそうです。チャイムを鳴らしても返事がないし、ドアに鍵もかかっているようなので、この不在連絡票をドアの隙間に挟んで帰ったということでした」

「じゃあきっと、彼が部屋に入ろうとしてドアを開けた時に落ちたんだと思います」彼というのは毛利周介のことだ。

「そうかもしれませんな。もっとも」本間は真智子の顔をじろじろ見てからいった。「宅配便が来た時、すでに毛利さんは殺されていた、という考え方もあるのですが」

「だけどその時、玄関には鍵がかかっていたんでしょう」

「配達員の話によると、そうです」

「あたしが帰ってきた時には、鍵はかかっていなかったんです。じゃあ誰があけたんでしょう？」

「犯人かもしれませんな」そういって本間は口元を少し歪《ゆが》めた。「犯行後、室内に潜んでいた犯人が、脱出したというわけです」

「それなら……」といったところで、真智子は口を閉ざした。

「何ですか」と刑事は訊いた。

「いえ、何でもありません」彼女は言葉を濁《にご》した。

この時彼女はこういいたかったのだ。それなら犯人は七時過ぎまでこの部屋にいたことになる。つまり、七時頃のアリバイがあれば犯人ではないということになるのではないか——と。しかしそれを自分がいうのは変だと気づき、黙ったのだった。

現場検証が終わった時には、十二時近くになっていた。殆どの捜査員が引き揚げていったが、練馬警察署の加賀は残っていた。

「今夜はどうされますか」と彼は尋ねてきた。

「どうといいますと？」

「この部屋でおやすみになりますか」

「あ……」

死体が倒れていた部屋で眠るのは、真智子としてもさすがに気が進まなかった。ましてや子供の理砂に、それをさせるわけにはいかなかった。

「池袋にリーズナブルな値段のビジネスホテルがあります。問い合わせてみましょうか」

「よろしいんですか」

「お安い御用です」

加賀は携帯電話を使い、その場で予約を入れた。さらにその後で彼は、真智子と理砂をホテルまで送っていくといった。真智子は辞退しようとしたが、加賀は引き下がらなかった。

「ここまでは自分の車で来ているんですよ。それに帰り道ですから」

「そうですか……」

あまり固辞するのも変だと思い、真智子は加賀の申し出を受けることにした。

真智子たちが乗せられたのはツードアタイプの黒い車だった。車種など彼女にはわからなかった。

「いろいろと質問されて大変だったでしょう」片手でハンドルを操作しながら加賀はいった。

「大変というより、何が何だかわからなくて……少し疲れました」

「初動捜査は肝心《かんじん》ですから、我々としてもつい気遣いを怠《おこた》ってしまうんですよ」

「ええ、それは仕方がないと思います。でも、なんだか……」そこまでいって彼女は口を閉じた。

「疑われたようで、不愉快でしたか」

加賀の言葉に、真智子は思わず彼の横顔を見た。内心をいいあてられた気分だった。

「特に根拠があるわけではないんです。第一発見者や、被害者と恋愛関係にあった人間のことを、まず徹底的に調べるというのが捜査のセオリーだと割り切っていただければ助かります」

「あたしは、その両方の条件を満たしているということですね」

「まあ、そうです。でも捜査員の殆どは、あなたのことを疑ってはいないと思います」

「どうしてですか」

「こういうことは、あまり明かしてはいけないんですが」と彼は前置きした。「毛利さんの死因を御存じですか」

「いいえ、よく知らないんです。首を絞められていたという話を、ちらりと聞きましたけど」

「そのとおりです。首を紐《ひも》のようなもので絞められていました。しかも、かなり強い力で絞められたようです。紐の食い込んだ痕《あと》が、首にくっきりとついていました」

「彼は抵抗しなかったのでしょうか」

「したようです。爪《つめ》に紐の素材と思われるものが入り込んでいました。材質を詳しく調べれば、どういう紐なのかもわかるでしょう。それはともかく、そういう抵抗にもかかわらず結局絞殺《こうさつ》されたということは、絞める力の大きさを物語っています。毛利さんは屈強そうな体格をしておられるし、室内の様子を見ても、かなり暴れたことがわかります。となると、あなたのような小柄な女性に犯行は無理ではないか——大方の捜査員はそう考えているということです」

「加賀さんはどうなんですか」と真智子は訊いてみた。

「自分ですか」加賀は前を向いたまま少し黙った。ちょうど前の信号が赤に変わったところだった。それが青になってから彼は口を開いた。「あなたが腕ずくで毛利さんを絞殺するということは、現実には不可能でしょうね」

回りくどい言い方が、真智子としては気になるところだった。しかしそれについて質問するのはやめておいた。

「ダンススクールの後、シャワーか何かお使いになりましたか」加賀が訊いてきた。

「いえ」答えながら、なぜそんなことを訊くんだろうと真智子は思った。

「そうですか。じゃあホテルに入ったら、ぬるめのシャワーを浴びて、すぐにおやすみになったほうがいいですよ」

「そうします」

「ダンスは長く続けておられるんですか」

「短大生の頃からです」

「じゃあキャリア十分ですね。ダンサーが子供の頃からの夢だったとか」

「ダンサーは」真智子は唇《くちびる》を舐《な》めてから続けた。「第二希望でした」

「第二希望？　じゃあ、第一希望は何ですか」

加賀の質問に、真智子は沈黙した。それを彼は違った意味に解釈したようだった。

「すみません。こんな時に不謹慎でした」

「いえ……」

第一希望は、器械体操のオリンピック選手になることだったといえば、この刑事はどんな顔をするだろうと彼女は思った。しかし黙っていることにした。

「お嬢さんは眠っちゃったのかな」

加賀にいわれ、真智子は後部座席を振り返った。だが理砂は眠っていなかった。シートにもたれ、母親のほうに目を向けていた。真智子は彼女と目を合わせると、ゆっくりと瞬《まばた》きした。

4

事件の翌朝、真智子はホテルの中にある喫茶店で、理砂と共に朝食をとった。理砂は学校に行く支度を終えていた。

「体調はどうなの？　どこも怪我《けが》してない？」ハムエッグを口に運ぶ娘を見て、真智子は尋ねた。

「うん、大丈夫」と理砂は答えた。「ママは？　よく寝た？」

「ママのことなんか、どうでもいいでしょ。理砂はゆうべ、眠れたの」

「うん、眠れたよ。久しぶりに、ぐっすり寝ちゃった」

「それなら、今度の日曜日は大丈夫ね」

「そういうこと。任せといて」

理砂は笑ってトーストにかじりついた。昨日、あんなことがあったというのに、全く覚えていないかのようだ。一体どんなふうにして気持ちを切り替えるのだろうと、真智子は我が子ながら違う生き物のように思えた。

だが笑っていた理砂の顔が急に曇った。彼女は店の入り口のほうを見たようだった。真智子がそちらに顔を向けると、加賀刑事が近づいてくるところだった。

「やっぱりこちらでしたか。部屋に電話しても、いらっしゃらないようだったので」

「お早いんですね」皮肉をこめていった。

「お嬢さんが学校に行かれる前にと思ったんです」加賀は理砂を見た。理砂のほうは無視してスープを口に運んでいる。

加賀は彼女たちの丸テーブルの、空《あ》いている椅子《いす》を指した。「ここ、よろしいですか」

どうぞ、と真智子は答えた。ただでさえ不足していた食欲が、完全になくなっていた。

「ゆうべは少しお休みになったんですか」

「あまり眠れませんでしたけど、なるべく考えないようにしていました」

「そうですか。それがいいでしょうね」加賀は頷いてから再び理砂に目を向けた。「もしかしたら、今日は学校を休ませるんじゃないかと思っていたんですが」

「この子を一人でホテルの部屋にいさせるわけにはいきませんから。あたしのほうには、いろいろとしなければならないことがありますし」

「たしかにそうですね」

加賀は納得したようだ。理砂は相変わらず黙ったまま、口だけを動かしていた。刑事の顔を見ようとしない。

ウェイターが注文を取りにきた。加賀はコーヒーを頼んだ。

「確認したいことが二、三出てきましてね」と彼はいった。

「何でしょう」

「これはつい先程判明したことなんですが、昨日の夕方、正確にいいますと午後五時半頃から七時少し前まで、お宅の部屋の前で電気工事が行われていたそうなんです」

「工事？」

「補修工事だそうです。御存じなかったんですか。管理人さんによると、その旨《むね》を書いたチラシを、郵便受けに入れておいたということでしたが」

「見たかもしれませんけど、忘れていました」

事実だった。あのマンションは古くて、しょっちゅう補修工事をしている。いちいち気に留めていたらきりがない。

加賀は理砂のほうに顔を巡《めぐ》らせた。

「お嬢さんは、部屋の外で工事していることを知らなかったのかな」

「その時間、あたし、家にいなかったから」理砂はうつむいたまま答えた。

「ああ、そうか。学校から直接スポーツクラブに行ったということだったね」

加賀が確認するようにいったが、理砂は黙っていた。

「あのう、その工事が何か？」と真智子は訊いてみた。

加賀は向き直って真智子を見た。

「その工事担当者によると、工事中、誰もお宅の部屋からは出てこなかったし、誰も入らなかったということなんです。つまり犯人にしろ毛利さんにせよ、部屋を出入りしたのは工事が始まるまでにも、五時半以前か、工事が終わった七時以後ということになります。そこでお伺いしたいのは、これ五時半以前か、五時半以前というような早い時間帯に毛利さんが訪ねてきたことがあったか、ということなんですが」

「いえ、それは」真智子は少し考えてからいった。「そういうことはありませんでした。だってあの人も、昼間は忙しい人でしたから」

「水曜日だけは例外だったとか」

「いいえ、そんなことは……」

「なかったですか」

はい、と真智子は答えた。足元が揺れるような心細さが胸に広がってきた。

加賀は手帳を出してきて、何かを確認するように頁《ページ》を繰った。ある頁で手を止めると、考え込む顔つきでそこを睨んでいた。どんなことがメモされているのかわからず、不気味だった。これは容疑者を攻める時のテクニックかもしれないと真智子は思った。

ウェイターが加賀のコーヒーを持ってきた。彼は手帳に目を落としたまま、ブラックでそれを飲んだ。

「毛利さんの所持品の中に、システム手帳がありましてね。そこに仕事の予定などを書き込んであるんです。それによりますと、毛利さんは毎週水曜日に仕事で、あるレストランに行っておられたようです。そのレストランの人間にも確認をとりました。大体いつも二時頃に来て、四時頃に帰っていくという話でした。昨日もそうだったようです。で、問題はそのレストランの場所なんですが、じつはあなた方のマンションから目と鼻の先のところにあるんです。車なら数分というところでしょうか。ふつう、それほど近くまで行ったのなら、ちょっと恋人の顔を見ていこうと思うものじゃないでしょうか」

「昼間はあたしがいないことを知っているからじゃないですか」

「でも会計事務所の仕事は五時で終わりますよね。職場は家の近くだから、すぐに出れば五時二十分頃にはマンションに帰れるんじゃないですか。ダンススクールは七時からで、これまた徒歩で行ける距離だ。少なくとも一時間以上は一緒にいられるはずです。毛利さんは合鍵を持っているんだから、先にマンションに行ってあなたの帰りを待つということがあっても不思議じゃない」まるでそうやって二人が会っているのを見たことがあるような、自信たっぷりの口調だった。

「そういわれても、事実彼がそんなふうに早く来たことはないんだから仕方ないじゃないですか」

「ではなぜ昨日にかぎって、そんなに早い時間にお宅に行ったんでしょうか」

「ですから、来たのは早い時間ではないと思います。工事は七時頃まで続いていたとおっしゃいましたわね。彼が来たのは、その後だと思います」

刑事に比べて自分の声に張りがないことが、真智子には歯痒《はがゆ》かった。しかしせめて下を向かないでおこうと心がけた。

「わかりました」加賀は頷いてから理砂を見た。

理砂はもう食べるのをやめて、じっとうつむいている。

「では次の質問ですが、これに見覚えはありますか」加賀が取り出してきたのはポラロイド写真だった。そこには荷造り用の紐を束《たば》ねたものが写っていた。

「見たことはあります」と真智子は答えた。

「そうでしょうね。お宅にあったものですから。お宅の押入の中に」

反応を窺《うかが》うような加賀の目を、彼女は見返した。

「あったかもしれません。時々、荷造りをしたり、新聞を束ねるのに使うことがありますから」

「鑑識の見解によると、この紐と毛利さんの首の絞め痕とが、ぴったり一致するそうです」

この台詞に、真智子の心臓がひと跳ねした。

「それで?」動揺を抑《おさ》えながら彼女はいった。「何をおっしゃりたいんですか。だからあたしたちがあの人を殺したっていうことですか」声をひそめることはできたが、震えるのはどうしようもなかった。

加賀は目を丸くしてかぶりを振った。

「そんなことはいってません。犯人が、同じような紐を用意していたのかもしれないし、たまたま見つけたこの紐を、凶器として利用したのかもしれない。ただ、一つだけ気になることがあるんです」

「何でしょう」

「お宅のゴミ箱から、この紐を包んであったと思われるセロハンが見つかっているんです。つまり、この紐は新品で、つい最近開封したばかりということになります。開けたのは、あなたですか」

「それは……」真智子の頭の中で、様々な考えが瞬時に交差した。「開けたのはあたしです。一昨日、古雑誌を縛るのに使ったんです。思い出しました」

「古雑誌を縛るのに? 使った長さは覚えておられますか」

「そんなの覚えてません。何も考えず、束ねた雑誌にぐるぐると回しただけですから」

「では雑誌の量はどんなものでしたか」

奇妙なことを訊いてくる。加賀の狙《ねら》いがわからず、真智子は少し焦《あせ》った。

「大体……そう、二十冊ぐらいだったと思います」

「二十冊、となると使ったのはせいぜい一メートルか二メートルといったところですね。ほかには使いませんでしたか」

「使ってません。そのまま押入にしまっておいたんです」

「そうですか。すると、やはりおかしいな」加賀は首を捻《ひね》るしぐさをした。

「何か？」

「ええ、じつはね、この紐の束を調べてみたところ、すでに二十メートルほど使われているんです。二十センチじゃなく、二十メートルです。これについて、どう思いますか」

「二十メートル……」

「今のお話を伺ったかぎりですと、犯人が使ったとしか考えられないわけですよね。しかし二十メートルというのは、凶器としても長すぎる、いったい何に使ったんでしょう」

答えられるわけがなく、真智子は黙っていた。

「さらに、あと一つ妙なことがあるんです」

加賀の言葉に、真智子は身構えた。「何でしょうか」

「あれほど部屋が荒らされているにもかかわらず、近くの部屋でも、乱闘らしき物音を聞いた人がいないんです。物が落ちる音も、壊れる音も、誰も聞いていないという。これ、どういうことだと思いますか」

「さあ……たまたまじゃないんですか」

「そうでしょうか。でも、隣の奥さんなんかは、昨日はずっと家にいたといってるんですよ」

「だからそんなこと……あたしにはわかりません」そういうと真智子は腕時計を見るふりをし、理砂を促《うなが》して立ち上がった。「すみませんけど、これで失礼します。この子が学校に遅れるものですから」

「ああ、そうですね。お引き留めして、どうもすみませんでした。何でしたら、学校までお送りしましょうか」

「いえ、結構ですから」真智子は理砂の手を引いて、その場を離れた。

加賀が自分たちを疑っているのは確実だと彼女は思った。しかしその根拠がわからなかった。いずれにしても、何とかしのがねば、と彼女は思った。こんなところで躓《つまず》くわけにはいかなかった。理砂との二人三脚の生活だけは、何としてでも守り抜かねばならない――。

5

理砂を学校まで送っていった帰り道、真智子の携帯電話が鳴った。ディスプレイに表示された番号を見て、相手が誰かを知った。あまり話したくない人物だったが、無視するわけにもいかない。歩道の脇に寄り、通話ボタンを押した。

「もしもし」

「ああ、真智子か。俺《おれ》だよ」

「うん」

別れた夫だった。名前を呼び捨てにされるのはいい気分ではないが、文句をいったことはない。

「大変なことになってるそうじゃないか」

「知ってたの」

「ついさっき、警視庁の刑事が来たんだよ。いろいろと訊かれた」

「そう……」

警察としては当然の行動かもしれなかった。通り魔的に強盗が侵入したと考えるより、楠木母子と何らかの繋《つな》がりがある人物が押し入ったと考えた方が自然なのだろう。殺された毛利は一応真智子の恋人だから、彼に憎しみを抱く人物として前夫の名が上がったに違いない。

「迷惑かけたのならごめんなさい」

「いや、それはいいよ。幸い俺のほうにはアリバイらしきものがあったから、刑事たちも疑ってはいないようだった」

「それならよかった」

「ところで理砂はどうだ。ショックを受けてるんじゃないのか」

「表面上は明るくしてるけど、どうかわからないわね。平気ではないと思う」

「そりゃあそうだよなあ」それから彼は少し間を置いていった。「俺、今日は時間があるんだけどな」

真智子は憂鬱《ゆううつ》になった。彼のいいたいことがわかった。

「それで？」

「いや、だから、そっちへ行ったほうがいいのかなと思ってさ。何かと大変なんだろ」

「うん、まあね。でも大丈夫。自分たちで何とかするから」

こんな時に別れた夫に現れられたら混乱する、というのが本音だった。

「そうか。でも、何か困ったことがあるなら遠慮せずにいえよ。できるだけのことはするから」

久しぶりに聞く彼の声は優しさに満ちていた。おそらく本気で心配しているのだろう。真智子はふっと気を緩《ゆる》めそうになる。しかし今はもう彼に頼るわけにはいかなかった。

「ありがとう。理砂に何か伝えておくことはある？」

「ああそうだな。気が向いたら電話してくれといっといてくれ」

「わかった」

「じゃ、しっかりな。ほんとに遠慮するなよ」

ありがとうともう一度いって真智子は電話を切った。

歩きだしながら彼女は、前の夫のことを考えていた。彼との生活のことだ。もしも自分たちの間に生まれたのが理砂のような娘でなければ、きっともう少しうまくやっていけたという思いがあった。

夫は商社に勤めるふつうのサラリーマンだった。結婚を申し込まれた時は、真智子もふつうのOLだった。結婚して、ふつうの妻になった。やがて理砂が生まれ、ふつうの母親になった。しかしふつうだったのはここまでだ。理砂が成長するにつれ、真智子の中にあった何かが膨《ふく》らみ始めた。

理砂には天才的な運動神経が備わっていた。少なくとも真智子の目にはそう見えた。自分の血を引いている、いや自分以上の才能がある——理砂が立って歩き始めた頃から確信していた。バランス感覚、柔軟性、瞬発力、いずれもが一級品だった。

体操を習わせたいという真智子の意見に、夫は反対した。危険だというのが一番の理由だった。理砂はふつうに育てたいと彼は主張した。

「あなたは何もわかってない。今ここで理砂に体操をやらせないことは、貴重な才能を埋もれさせることになるのよ」

「大げさにいうな。オリンピックに出られるわけじゃないんだろ」

「いいえ。やらせるからにはオリンピックを狙わせる。当然じゃない」

「妄想だよ」

「あたしはその妄想を現実にできる一歩手前まで行ったのよ。怪我さえしなけりゃね」

幾度となく口論になり、最後には強引に真智子が理砂をクラブに連れていった。古くからの知り合いであるクラブの会長は、一目で理砂の才能を見抜いた。

「大事に育てなきゃな」そういわれた時は涙が出るほど嬉しかった。

二人三脚はその日から始まった。真智子は生活の殆どすべてを、理砂のトレーニングを中心にしたものに組み替えた。食生活、生活リズム、住環境、何もかもだ。必然的に真智子の目に夫の姿は入らなくなる。彼女が夫に求めるものは、理砂を育てる環境と、それを維持する経済力だけだった。

「一体おまえは家庭を何だと思ってるんだ。それを犠牲にして、理砂が幸せになると思ってるのか」ある日、とうとう夫が怒鳴った。体操をやめさせろといった。

「理砂の才能を開花させようとすることがどうしていけないのよ。それで成功すれば理砂は幸せになる。理砂の幸せが、あたしたちの幸せじゃないの？　あなたは違うの？」

「そんなものは幸せじゃない」

「身勝手よ」

「どっちがだ」

たぶんずいぶんと彼は我慢を続けていたのだろうと今になって真智子は思う。仕事の忙しい彼は、休日しか娘に接することができない。だがその休日の楽しみも彼には与えられなかった。家族にせがまれて家庭サービスを強《し》いられる父親たちを、羨《うらや》ましく思ったことだろう。

彼が外に愛人を作っていることは察しがついていた。それについて真智子は何もいわなかった。むしろ都合がいいとさえ思っていた。彼女は夫にかまっている余裕がなかった。

しかし結局離婚をいいだしたのは真智子のほうだ。両親が毎日のように喧嘩《けんか》する姿を理砂に見せたくなかったからだ。

夫は一晩考え、承諾してくれた。彼のほうも、ほかに道はないと思っていたらしい。

「おまえには負けた」ぶっきらぼうに彼はいった。「だけどこれだけはいっておく。理砂を不幸にしたら許さない」

そんなこと絶対にありえない、と彼女は強い口調で答えた。

離婚してから、彼女はますます娘を体操選手にすることに情熱を燃やした。もはや理砂だけが生き甲斐といってよかった。クラブでも彼女は「鬼ママ」として知られている。こと体操に関しては、一切妥協しないからだ。

だが理砂に対して辛《つら》く当たったことは一度もない。真智子が一番恐れるのは、理砂が体操嫌いになることだった。練習をさぼった時でも、彼女は娘を叱《しか》らなかった。そのかわりに訴えた。ママがどんなに期待しているか、どんなに大きな夢を抱いているか、そしてこれが最も大事なことだが、ママがどんなに理砂を大切に思っているか。

母親の期待を負担に感じたこともあっただろうが、次第に理砂は真智子と同じ夢を見てくれるようになった。今では自分から進んで体操に取り組んでいる。オリンピックに対する思いも、かなり具体化してきたようだ。

それなのに、と真智子は思わず唇《くちびる》を噛《か》んでしまう。

理砂との二人きりの生活が五年も続き、幾分気持ちが緩んでいたのはたしかだ。理砂の技術は確実にアップし、もはや真智子の口出しは不要になっていた。そのことで寂しさを感じていたこともある。同じ毎日の繰り返しに、神経が鈍っていたこともある。俗な表現を使えば、刺激を求めていたということになるだろうか。早い話が心に隙が生じていた。その隙間に入り込んできた男がいた。

毛利周介とは、真智子がダンスを教えている主婦を通じて知り合った。「デパートの外商を通して買えば、どんなものでも確実に、しかも格段に安く手に入るし、そのデパートで買い物をした時にはいろいろと特典がある」というのが、その主婦が熱っぽく語った内容だった。真智子はあまり興味はなかったが、これも付き合いのうちと、そのデパートの外商部の人間を紹介してもらうことにしたのだ。そうしてやってきたのが毛利だった。

毛利は穏やかな話し方をする、感じのいい人物だった。実際には真智子より一歳下だったが、初めて会った時には、少し年上かなと彼女が思うほど落ち着いていた。

だがこの時に一目惚《ひとめぼ》れをしたわけではなかった。やはり何度か会ううちに、ひかれていったというべきだろう。外商部を通して注文した場合、後日彼が品物を自宅まで届けてくれる。毎日が忙しくて、ゆっくりと買い物に出かけていけない真智子にとっては、これはありがたいサービスだった。それで必然的に、彼が彼女の部屋を訪れる回数も多くなったのだ。

どちらが最初に誘いをかけたのか、今となっては何ともいえない。毛利が生きていれば、君のほうだったぜ、とにやにやしながらいうかもしれなかった。ただ、キスをしかけてきたのが彼のほうだったことは、真智子にも断言できる。

毛利にも結婚歴があった。だが二年前に離婚していた。浮気がばれたんだよ、と彼はその理由を屈託なく話した。今俺に財産らしいものがないのは、たんまりと慰謝料を取られたからだ、とも。もっとも子供はいなかったらしいから、さほどの金額ではなかっただろうと真智子は想像していた。

冗談にしろ、毛利が真智子との結婚を口にしたことは一度もなかった。それについては、当然だろう、と彼女は受けとめていた。一度結婚生活を失敗した男が、間もなく中学生になる娘を持つ女と、本気で一緒になろうなどと考えるはずがないと思っていた。ほんの短期間の気紛《きまぐ》れで、自分と付き合っているのだと、真智子は常に自分にいいきかせてきた。今はたまたま、彼の周りに、性欲を満たしてくれそうな適当な女がいないだけにすぎない。彼が自分に求めるものは、性欲の処理と、髪を振り乱して稼いでくる小金だけなのだ。だから自分も決してのめりこんではいけないのだと、心の中で呟《つぶや》き続けてきた。自分には理砂がいる。理砂を第一に、恋愛は第二に。

そんな不毛な交際ならば、早くおしまいにしたほうがいいとも思うのだが、現実にはそれはできなかった。彼が訪ねてくれれば部屋に入れてしまうし、迫られれば抵抗することなく抱かれてしまう。またそれが嬉しくもあった。客観的に考えて、彼が特別魅力のある男だとも思わなかったから、結局のところ自分も寂しいのだと、真智子は幾分自虐的に自己分析していた。彼という男と関係し続けることで、自分がまだ女を放棄したわけではないことを確認したいのだ――。

毛利の死体を目にした時、悲しんでいるというより、ほっとしている気持ちがあることに真智子は気づいた。これでもう余計なことで苦しまないで済む、という安堵《あんど》感《かん》だ。

しかし――。

もしかすると、もう遅かったのかもしれない。

6

事件のあった日から今日までのことを振り返り、真智子はどうかこのまま何も起こらないでほしいと祈った。昨日は刑事の訪問を受けなかった。今日も明日も、そしてその後もずっと、自分たちをそっとしておいてほしかった。

競技会の会場には、区内にある某私立高校の体育館が使われていた。設備が整っているうえに、全体を見渡せる観客席があるからだと真智子は聞いていた。だが間もなく試合が始まろうとしているのに、その立派な客席に殆ど人はいなかった。彼女は一番前の席に座ると、鞄《かばん》の中からノートとボールペンを取り出した。それから理砂の姿を探した。理砂は他の子供たちと柔軟運動をしているところだった。そばまで行って激励の言葉をかけようかと思ったが、やはりやめることにした。

不意に人の気配を感じた。見ると、加賀が彼女のすぐ隣に座ろうとするところだった。

「加賀さん……どうしてここに？」

「試合を見たかったからです。いけませんか」

「いえ、でも……」

「結構暑いですね」そういって彼は上着を脱いだ。それから手に持っていたコンビニエンスストアの袋から、缶コーヒーを取り出した。「いかがですか」

「いえ、あたしは結構です」

「じゃ、失礼して」彼は缶コーヒーのプルタブを引き上げた。「体操競技を見るのは初めてです」

「あ、そうなんですか」

「テレビでは時々見ますけどね。日本の女子は、このところちょっと振るわないみたいですが」

いつもならば、こういう素人《しろうと》の意見に対して何かいい返すところだった。しかし今はそれどころでなかった。

この刑事が何のために現れたのか、ここでこうして隣に座って、どんな話をしようとするのかを真智子は考えた。だがその考えがはっきりとまとまらないうちに、刑事は口を開いた。

「蕎麦屋《そばや》が見つかりました」真智子の顔を見て刑事はいった。

「蕎麦屋？」

「ええ、蕎麦屋です。あの日の昼間に、毛利さんが入った蕎麦屋です。胃の内容物から、蕎麦を食べたことはわかっていたのですが、どの店に入ったかはわかりませんでした。毛利さんは職業柄、昼間は会社のライトバンに乗って、東京中を動き回っておられますのでね」

「よく見つかりましたね」真智子は素朴にそう思った。

「ラッキーでした。胃から鰊《にしん》の煮付けが出てきましたから」

「鰊？」

「にしんそば、というのを御存じですか」

いいえ、と彼女は首を振った。本当に知らなかった。

「そばに鰊の煮付けを入れたものだそうです。関西では珍しくない食べ物らしいですが、こっちではあまり聞いたことがありませんよね。刑事の一人が京都出身で、そばと鰊の煮付けが胃から出てきたことで、被害者はそのにしんそばを昼に食べたのではないかといいだしたんです。毛利さんの職場の人に訊いてみたところ、たしかに彼の好物だったようです。ただ、こちらでは本格的なにしんそばを食べさせる店がめったにないといってこぼしてたらしいんです。それで東京中の蕎麦屋に問い合わせて、にしんそばが自慢の店をピックアップし、毛利さんの写真を持って聞き込みに回ったところ、ある店の店員が彼の顔を覚えていたというわけです」

「そうなんですか」

毛利が大阪出身だということを真智子は思い出していた。時折会話の中に顔を出す関西弁が、嫌いではなかった。

「毛利さんがその店に入った時刻は、どうやら午後二時頃らしいです。その店は二時から五時の間は準備中になってしまうのですが、その直前に飛び込んできて、にしんそばを注文したので、店員が覚えていたんです」

「彼がおそばを食べたことが、事件と何か関係あるんですか」真智子は、ちょっといらいらして訊いた。

「死亡推定時刻に関わってきます」と加賀は答えた。「食べた時刻がわかれば、消化の状態から、死亡推定時刻をかなり正確に割り出すことができるんです。毛利さんが殺されたのは、にしんそばを食べてから四時間以内のことだというのが、解剖から判明していることです。そばを食べたのが二時なら、六時には殺されていたということになります」

「そうなりますね」

「さてそうなると、五時半から七時少し前まで、お宅の玄関を出入りした者はいなかったという、電気工事担当者の証言が重要になってきます。つまり毛利さんは、五時半以前に部屋にいたということです。毛利さんだけでなく、犯人もそうだったはずです。ではそのあたりの時間帯に関してアリバイがないのは誰か」

「楠木真智子、とおっしゃりたいんですね」

「それから理砂さんです」

「馬鹿馬鹿しい」真智子は吐き捨てるようにいった。「どこをどうつつけば、そんなくだらない話が出てくるんですか。何か証拠でもあるんですか」

するとと加賀は長い吐息を漏《も》らし、指先で眉間を掻《か》いた。

「チンチラペルシャを抱きましたね」

「えっ……」

「猫です。近所の薬屋さんの猫を抱いたでしょう。水曜日の朝に」

「それがどうかしたんですか」

「死体に付着していたんです。あの猫の毛が」

あっ、と真智子は声をあげた。

「あの猫は水曜日以前にはあの街にいなかった。したがって毛利さんの身体に毛が付着しているということは、あなたか理砂さんのどちらかが、間接的にせよ、彼と接触したということなのです」

7

選手たちの練習が始まっていた。理砂も跳馬《ちょうば》の高さなどを確認している。だがその姿も、今の真智子には虚《うつ》ろに映っている。

なんとかこの窮地《きゅうち》を脱する方法がないものかと、必死で考えを巡らせていた。しかしどこにも抜け道はないようだった。この加賀という刑事は、詰め将棋を指すように、じっくりとそして確実に、彼女を追いつめてきたのだ。

覚悟はしていたことだった。逃げ延びることなど、やはり夢だったのだ。

真智子はふっと息を吐いた。同時に肩の力も抜けた。

「仕方……ないですね」

「本当のことを話していただけますか」

「ええ」もう一度吐息をついてからいった。「あたしが殺しました」

「あなたが？」

「はい。あの日、会計事務所での仕事を終えた後、すぐに帰宅しました。彼と会って話をする約束をしていたんです。彼に別の女性がいることに気づいたものですから、それについて問い詰めるつもりでした。あたしは彼が謝れば許してあげるつもりでしたけど、彼はそうはしませんでした。逆に開き直って、あたしのことを罵倒《ばとう》したんです。お金のために、いやいや付き合っていたのだという意味のことをいわれました。それであたし、逆上してしまって……」

「首を絞めたと？」

はい、と真智子は頷いた。

「殺した後、すぐに怖くなりました。どうしていいかわかりませんでした。とりあえず後のことは後で考えようと思い、部屋を出ようとしました」

「でも部屋の外では、電気工事が続いていたはずです」

「そうなんです。だから工事が終わるまで息をひそめていて、誰もいなくなったのを確認して部屋を出ました」

「それは何時頃ですか」と加賀は訊いた。

「七時頃だと思います」

「なるほど」

「ダンススクールで教えながらも、死体をどうしようかということで頭の中はいっぱいでした。それで結局、強盗の仕業《しわざ》に見せかけようと決めたんです」

「ドアに鍵がかかっていなかったというのは嘘ですね」

「はい。宅配便の不在連絡票を見て、嘘をつくことを思いついたんです。うまくいけば、犯人が七時以降に逃げ出したように見せかけられると思いました」

「アリバイ作りだったわけだ」

「そうです。でも、全く無意味だったんですね。胃袋の中身から、そんなに正確に死んだ時刻がわかるとは思いませんでした」それから真智子は、ふっと笑った。「あの人がにしんそばなんていうものを好きだったなんて、全然知らなかった……」

「凶器に使った紐はどうしましたか」

「丸めて駅のゴミ箱に捨てました」

「なぜ二十メートルも？」

「それは……一旦は死体を縛ろうと思ったからです。もしかして、あたしがいない間に息を吹き返したらまずいと思って」

「でも縛りはしなかった」

「はい。どう見ても死んでいるようでしたから」

「縛るにしても、二十メートルは長いですね」

「そうですね。よっぽど気が動転していたんだと思います」

加賀は頷いた。だが納得した顔ではなかった。眉《まゆ》を寄せて真智子を見つめる目は、どこか悲しげだった。

「それが」と彼はいった。「あなたの第二希望ですか」

「え……」

「失礼」といって、加賀はすっと右手を真智子のほうに伸ばした。彼の手は、彼女の髪に触れた。「綺麗にカットしておられますね。美容院にはいつ行かれたのですか」

真智子は、はっとした。

「さあ……いつだったかしら」

すると加賀は手帳に目を落とした。

「いきつけの美容院は『サブリナ』、勤めておられる会計事務所の近くですね」

「どうしてそれを？」

「あなたの部屋にあったアドレス帳からメモしておいたのです」

「いつ？」

「あなたとお嬢さんを池袋のホテルまでお送りした後です。馴染《なじ》みの美容院の連絡先を、どうしても知りたかったものですから」

「なぜあたしに訊かなかったんですか」

「訊けばあなたに警戒されたでしょう。そうしてあなたに、対策を講じられるおそれがありました」

真智子は黙り込んだ。たしかに、もしあの時それを訊かれていたなら、何らかの対応を考えていたに違いなかった。

「水曜日、あなたは美容院に行きましたね」加賀は静かにいった。「ごまかそうとしても無駄です。すでに美容師さんに確認してあります。あの日あなたが美容院で髪を切ってもらっていたのは、午後五時半から六時半のことだったはずです。つまり」彼は真智子の顔を見つめた。「あなたが毛利さんを殺すことは不可能でした」

「違います、あたしが――」

「楠木さん」加賀はゆっくりと首を振った。「あなたには最初から完璧なアリバイがあったんだ。嘘の証言をして、アリバイ工作などする必要はなかった。それが必要なのは、あなたではなく彼女のほう――そうですね」

加賀が指差したのは、これから競技に入ろうとする理砂だった。

真智子は深呼吸をした。

「五時半から七時少し前まで、あたしたちの部屋からは誰も出なかったと、電気工事の人が証言しておられるんでしょう？　あの子は七時にはスポーツクラブに行っています。家からスポーツクラブへは、どんなに急いでも三十分はかかるんです。だから、あの子にもアリバイはあるんです」

「ではお伺いします。先程あなたはいいましたね。死体発見時、本当はドアには鍵がかかっていたのだと。犯人があなたでも理砂さんでもないのだとしたら、いったいどうやって部屋から脱出した後に鍵をかけたのでしょうか」

「そんなの……」真智子は唾を飲み込んだ。「そんなの、大して不思議なことではないと思います。だって、じつは窓には鍵はかかっていなかったんですから。推理小説に出てくるような密室ではなかったんです。だから、犯人は窓から逃げたんだと思います」

彼女の言葉を聞いていた加賀の顔が、ふっと緩んだ。

「窓には鍵はかかっていなかった――本当ですね」

「本当です」

すると加賀は大きく頷いた。

「わかりました。これですべての謎が解けた。あなたのおっしゃるとおり、犯人は窓から逃げたんでしょう。つまり、彼女が電気工事の作業者に見つからず部屋を脱出することは可能だった」

そういって加賀は再び理砂を指した。

「違います。だって、あの子に大人の男の首を絞めるなんてことが、できるはずないじゃないですか」

「大人の男でも」加賀はいった。「眠っていれば無抵抗です」

「え……」

「お嬢さんのベッドから、毛利さんの髪が見つかっています。たぶん毛利さんはあなたを待つうちに、ベッドでうたた寝をしてしまったんでしょう。それを見つけたお嬢さんは、彼の首に紐を巻きつけた。ただしふつうに巻いたのではありません。彼女は二十メートル近い紐を用意しました。その約三分の一ほどのところを毛利さんの首に巻きつけた後、長く余っているほうをどこかしっかりした部分、たとえば柱やドアのノブなどに引っかけた後、紐の両端を持ってベランダに出たのです。そして目撃者がいないことを確かめると、紐を持ったまま飛び降りた――」

加賀の話を聞いている間も、真智子は首を振り続けていた。だがもはや否定になっていないことを自覚していた。両目から涙が溢《あふ》れるのを、どうすることもできなかった。

「いかに大柄な毛利さんでも、突然少女の全体重をかけた紐が首にくいこめば、抵抗する余裕などなかったでしょう。完全に無抵抗なのを確認してから、理砂さんは紐の一端をゆっくり離しました。紐は毛利さんの首を強く擦《こす》った後、外れていきます。同時に、彼女の身体は程良い速度で下におりたでしょう。天才体操少女には、その程度の芸当は朝飯前だ。無事着地した彼女は、紐を完全に回収し、何食わぬ顔でスポーツクラブに向かったというわけです」

「違います。あの子は何もしていません。あの子が犯人だという証拠が、どこにあるんですか」

「それならば」加賀はいった。「あなたは誰を庇《かば》って、自分が犯人だなどといったのですか。あなたが身代わりになってまで守ろうとした相手は誰なのですか」

鋭い目に、真智子は気圧《けお》されそうになった。何か反論を、と思ったが、言葉が出なかった。

「あなたはたぶん、現場を見た瞬間に、犯人が誰かを知ったんでしょうね。あなたとしては、あなたにも理砂さんにも疑いがかからないようにしたかったと思います。部屋を荒らしたり、死体を和室のほうに動かしたのもそのためでしょう。でもあなたは一つの覚悟をした。万一の場合には、自分が捕まってでも、理砂さんだけは助けるということです。そのために本当は完璧なアリバイがあるにもかかわらず、それを我々には話さなかった。あの日、あなたたちをホテルまで送った時、もしもあなたの髪が発するシャンプーの香りに自分が気づかなければ、あなたのその第二希望はかなえられていたかもしれません」

「シャンプー……ああ、そういえば」

「美容院に行った雰囲気なのに、あなたがいったあの日の行動の中に、そのことが出てこない。それで何かあるのではと思い、調べてみる気になったのです」

「そうだったんですか」

加賀がシャワーを浴びたかどうかを訊いてきたことを真智子は思い出した。

「あなたはいつから……」

「いつからということはありません。いろいろと調べるうちに真実が見えてきたのです。でも強《し》いていえば、最初にあなたの話を聞いた時から疑念が生じました」

「最初に？」

「あなたはダイニングが荒らされているのを見て、次に和室を見て死体を発見し、警察に電話したとおっしゃいました。そしてその後はじっとしていたと。そうですね」

「ええ」

「ふつうならば、必ず洋室を見るのではないでしょうか。一人娘が何らかの被害に遭《あ》ったのではないかと心配で、ね」

彼の話を聞き、真智子は目を閉じた。そのとおりだった。警察の意識を実際の現場である洋室からそらしたくて、ついそう話してしまったのだ。しかしそれが逆効果だった。

「動機は何でしょうか」と加賀は訊いた。

「それは……あたしの裏切りに対する報復かもしれません」

「裏切り？」

「約束したんです。母娘二人で力を合わせてオリンピックを目指そうって。あたしが叶《かな》えられなかった夢を、理砂が叶えられるまで、絶対にほかのことには心を奪われないようにしようって」

毛利と付き合ってからも、理砂のことを第一に考えてきたつもりだったが、理砂には強い不満があったのだろう。たしかに全てを犠牲にして彼女のことをバックアップする、という誓いを破ってはいた。

「あの子には」真智子は娘の姿を見つめた。理砂は平均台に向かうところだった。「夢を叶えて欲しかった」

「とりあえず見守りましょう」

理砂が平均台に飛び乗り、大きく胸を張った。

狂った計算

1

分厚い雲が太陽の光を遮断《しゃだん》していた。外にいると皮膚がぴりぴりと痛くなるほど空気は冷たかった。こんな日にわざわざ店まで来る客は少ない。フジヤ生花店の女子店員は、店の奥にある台で薔薇《ばら》を使ったアレンジメントを作っていた。近くにあるビルに届けるためのものだった。そこの二階に、イタリアンレストランがオープンしたのだ。花の注文は電話で受けた。電話をかけてきた男性客の注文は、「薔薇を適当に使って華やかにしてくれ」というものだった。しかし客の予算を聞いて彼女はがっかりした。珍しくて高価な花をあしらえるような金額ではなかった。結局、かすみ草を少し混ぜただけのような、ありきたりものになってしまう。

「不景気だからな、花に金をかける余裕なんてないんだよ」注文内容を聞いた店主は諦《あきら》めたようにいった。そしてため息混じりにこういうのが日課になっていた。

「近所で誰か死んでくれないかな。そうすりゃ、途端《とたん》に忙しくなる」

不謹慎ですよ、と笑いながら彼女はたしなめたが、彼が冗談だけでいっているのでないことはわかっていた。たしかに、葬式があると花が売れる。

その葬式に関わりのある客が来たのは、女子店員の作業が半《なか》ばまで進んだ頃だった。

ガラス扉の開く音がした。同時に、こんにちは、と女の声が聞こえた。女子店員が入り口を見ると、黒いコートを着た女が立っていた。よく知っている顔だった。相変わらず寂しげな表情をしている。肌が白い上に瘦《や》せているから、余計にそう見えるのだろう。

「いらっしゃいませ」

女性客は微笑《ほほえ》み、店内を見回した。

「ここはいつも暖かいわね」

「そうですね。でも、あまり暖かくなりすぎてもよくないんですよ」

「そうかもしれないわね」

女性客は手ぶらだったが、ガラス扉の外にコンビニの白い袋が置かれているのが見えた。何を買い込んできたのか、すいぶんと膨《ふく》らんでいる。

「あの、今日もやっぱりいつもの組み合わせで？」女子店員は訊《き》いた。

「ええ。菊を中心にしてちょうだい」

「それとは別にマーガレットですね」

そう、と女性客は頷《うなず》いた。

この客は数日前から毎日のようにやってくる。買っていく花は決まっていて、必ず菊とマーガレットだ。

彼女のことは店主が知っていた。先週、交通事故で夫を亡くした人だという話だった。駅前で起きたその事故は、かなり悲惨なものだったらしく、この町内でも話題になったようだ。

女性客が花を買うのは、仏前に供《そな》えるためだろう。そう思うと女子店員は、花を選ぶのにも慎重になった。なるべく美しいものを渡したいからだ。

花を受け取った女性客が帰っていくのと入れ違いに、配達に出ていた店主が戻ってきた。彼は並んでいる花を一瞥《いちべつ》した後、「坂上《さかがみ》さんが来たみたいだな」といった。それで女子店員は、客の名字が坂上だということを思い出した。

ええ、と彼女は答えた。

「また菊とマーガレットか」

「そうです」

「ふうん」店主は腕組みをした。「気の毒なことだよなあ。まだ結構若いだろう。今ちょうど、あの人の家の近くを通ってきたんだけど、新築って感じだぜ。これから幸せが始まるって時になあ」

「またきっと、いい相手が見つかりますよ。美人だもん」

「うん、それはいえてる」

「アタックしてみたらどうですか。お似合いですよ」

「馬鹿いうなよ」店主は手を振ったが、まんざらでもない顔だった。彼は来年四十になるというのに、まだ独身だった。

2

奈央子《なおこ》が花とコンビニの袋を抱えて家の前まで帰ってくると、「坂上さん」と声が聞こえた。隣の庭に安部絹恵《あべきぬえ》が出ていた。

「あ……こんにちは」奈央子は頭を下げた。

ここへ引っ越してきたのがほぼ同時期ということもあり、絹恵は近所付き合いの少ない奈央子が唯一《ゆいいつ》親しくしている相手だ。奈央子より五歳上で、小学校に入ったばかりの男の子がいる。

「お買い物？」

「ええ」

「そう。ねえ、うちでお茶でも飲まない？　貰《もら》いもののケーキがあるのよ」人なつっこい笑顔で絹恵は誘ってきた。喪中《もちゆう》にいる者を元気づけようとする表情だ。

「ありがとうございます。でも、ちょっとやらなきゃいけないことがあるので」

「そうなの。あの、何か手伝いましょうか。一人じゃいろいろと大変なこともあるんじゃない？」

奈央子の「やらなきゃいけないこと」というのは、法事に関することだと決めてかかっているようだ。無理もない。夫が死んでから、まだ一週間だ。

初七日は葬儀の時に一緒に済ませてある。そのことは絹恵も知っているはずだった。

「いえ、主人の荷物の整理とかだから」

ああ、と絹恵は頷いた。顔が途端に曇った。

「だったら、邪魔しないほうがいいわね」

「ごめんなさい」

「気にしないで」

「じゃ、失礼します」

奈央子が玄関のドアを開けようとすると、「坂上さん」と絹恵は再び声をかけてきた。

「何か困ったことがあったら、遠慮なく相談してね。力になりたいから」

「ありがとうございます」奈央子は頭を下げた。

愛する夫を亡くした哀れな未亡人と思っているのだろう。安っぽいテレビドラマで描かれるイメージとダブらせているのかもしれない。そして自分もそのドラマの登場人物になりたがっているのかもしれない。もちろん親切心があってのことだろうが。

奈央子はもう一度会釈《えしゃく》して家に入った。ドアを閉めた後、思わずため息が出た。

リビングのソファに荷物を下ろした時、電話が鳴りだした。ぎくりとして一旦《いったん》身体を硬くした後、電話台に近づいていった。

電話の主は女子大時代からの友人だった。今でも電話でよく話をする。奈央子が結婚するまではコンサートやミュージカルを一緒に見に行ったりする仲だった。そして独身の長かった彼女も、昨年とうとう結婚した。結婚生活って思った以上に退屈ね、というのがこのところの口癖だ。

「今、大丈夫?」

「うん、少しなら」

本当は大丈夫じゃないといいたいところだった。だがそんなことをいえば、余計に相手の関心を誘うことになる。

「気分はどう? 落ち着いた?」友人は尋ねてきた。

「うん、多少はね」

「ちゃんと眠ってる? 御飯食べてる?」

「寝てるし、食べてる。そんなに心配しないで」

「だって心配なんだもん。奈央子は落ち込んだら全然動けなくなる人だから」

余程か弱い女に見えるらしい。

「本当に大丈夫よ。やらなきゃいけないことが多いから、落ち込んでる暇もないの」

「ふうん、それならほっとしたけど」

「心配してくれてありがとう」

「ううん。それよりさ、明日空《あ》いてない?」

「明日?」

「うん。例のコンサートのチケットがたまたま手に入ったのよ。ほら、奈央子も行きたがってたじゃない」

「ああ」

思い出した。いつもなら飛びつく話だった。

「行こうよ。いろいろと大変な時期だとは思うけど、少しは気分転換したほうがいいよ」

友人の思いやりが胸にしみた。そのコンサートのチケットは、そうそう簡単に手に入るようなものではなかった。おそらく、失意の友人を元気づけようと方々手を回して確保したに違いない。

その友情に応えたかったが——。

「ごめんなさい。明日はちょっと行けそうにないの」

「えー、そうなの。何かあるの?」

「主人の両親が来るのよ。遺品の整理とかをしに。そんな時に出かけてたら、何をいわれるかわからないいし」

「日を替えてもらうわけにはいかないの? 遺品の整理はいつでも出来ると思うけど」

「よくわからないけど、明日じゃないとだめらしいの。残念だけど、誰かほかの人を誘って」

「そう? じゃあ、また今度何かいいチケットが手に入ったら誘うよ。近いうちにきっと」

「うん、そうして。ごめんなさい」

電話を切った後、奈央子はその場にしゃがみ込んだ。あの友人は、たぶん本当に近いうちに電話をかけてくるだろう。とびきり魅力的な企画を用意して。その時にはどういって断ればいいのだろう。そのことを考えるだけで目の前が暗くなった。

誰もが彼女を励まそうとしていた。夫を亡くした、かわいそうな女を。

みんな、あたしをほうっておいて——奈央子は叫びだしい気分だった。あたしをそっとしておいて。あたしをこの家から引きずり出そうとしないで。

3

インターホンのチャイムが鳴った時、奈央子は二階の寝室にいた。床に座り、頭をベッドの縁《ふち》に載せていた。眠っていたわけではなかったが、すぐには反応できなかった。そのため、二度目のチャイムを聞かねばならなかった。

暗い気持ちがさらに重くなった。また誰かがあたしを苦しめようとしている。

無視しようかとも思ったが、そういうわけにはいかないことに気づいた。チャイムを鳴らしているのは安部絹恵かもしれない。彼女は奈央子が家にいることを知っている。応答がなければ、心配して何をするかわからない。

急いで部屋を出ると、廊下の壁に据《す》えつけてあるインターホン用の受話器を取り、はい、と小声でいった。

「警察の者ですが」男の声が聞こえてきた。近所の人間の耳を意識したのか、幾分抑《おさ》えたような口調だった。

「え……」

奈央子の胸の下で、心臓が一度大きく波打った。

よく聞こえなかったと思ったのか、男は繰り返した。「警察の者です。練馬警察署から来ました」

全身が熱くなった。

「あ、はい」

それだけいうと、奈央子は階段を駆け下り、玄関のドアを開けた。すぐ外に、黒っぽいスーツを着た男が立っていた。年齢は三十過ぎというところだろうか。背が高く、肩幅が広い。そのくせ顔は痩《や》せていて、頬《ほお》が尖《とが》っていた。

「突然すみません」男は警察手帳を見せた。初めて見るその黒い手帳は、奈央子が漠然と想像していたものよりも大きかった。

「何でしょうか」

「じつは、ちょっとお伺いしたいことがありまして」そういってから男は隣の家を気にする素振りを見せた。

奈央子は迷った。男を家に入れたくはなかった。しかしここで話をしていれば、隣の絹恵に気づかれるおそれがあった。男の用件がわからなかったから、彼女に話を聞かれたくなかった。

結局奈央子はドアを大きく開き、「どうぞ」といった。

失礼します、といって男は中に入ってきた。さらに名刺を出してきた。練馬警察署の刑事で、加賀恭一郎《きょういちろう》という名前だということを、奈央子はそれによって知った。

部屋にまで上げていいものかどうか彼女が思案していると、加賀は立ったままスーツの内ポケットから写真を一枚取り出してきた。

「この男性を御存じですね」

奈央子は唾《つば》を飲み込んでから手を伸ばし、写真を受け取った。どういう写真であっても動揺を見せてはいけないと自分にいいきかせた。

その写真に写っているのは、彼女が予期した人物だった。作業服姿で、どこかのモデルハウスと思われる住宅の前で笑っている。その屈託のない笑顔が奈央子の胸を刺した。

「中瀬《なかせ》さんです」と彼女はいった。

「どういったお知り合いで?」加賀はさらに尋ねてきた。

「知り合いというか……この家を担当した建築士の方です。新日《しんにち》ハウスの……」

そこまでいうと、加賀は頷いて写真を受け取り、ポケットに戻した。

「よくこちらにいらしてたようですね」

「よく、というほどでは……。何ヵ月かに一度、メンテナンスのために」

この家は建て売り住宅だった。約二年前に買ったものだ。定期的に保守点検してもらえるというのも、契約事項の一つだった。

「最近では、いつ頃いらっしゃいましたか」加賀は口元に、うっすらと笑みを浮かべている。少しでも奈央子の心を和《なご》ませようとしたのかもしれない。だが全く効果はなかった。

「ひと月ほど前……だったでしょうか。二年点検ということで」思い出す表情を作って奈央子は答えた。

「それ以来、こちらには来ておられないわけですね」

「はい」

「たしかですね」

「ええ」

奈央子は顎《あご》を引き、加賀を上目遣いに見た。刑事はまだ彼女の顔を見つめていた。それでつい彼女は目をそらした。

「あのう、中瀬さんが何か？」気になって、というより、たまりかねて彼女は訊いた。

「じつは行方がわからないんですよ」と刑事はいった。「一週間ほど前から」

「あ……そうなんですか」奈央子は俯《うつむ》いた。どういう表情を見せればいいのか、わからなかった。

「今月の二十日に、友人に会うといって家を出て以来、そのまま帰っておられないのです。会社のほうも無断欠勤が続いています」

「それは……御家族の方たちも心配しておられるでしょうね」

「奥さんのほうから捜索願が出されています。しかし数日経《た》っても手がかりなしなので、私のところに個人的に相談があったのです。中瀬さんの奥さんのお兄さんと、知り合いだったものですから」

「そうなんですか」

奈央子は先程受け取った名刺に、改めて目を落とした。所属は捜査一係になっている。殺人を扱う部署のはずだと、テレビなどの知識から思い出していた。

「電話はどうですか」加賀が訊いてきた。

「電話？」

「中瀬さんからです。かかってきたことはありませんか」

「点検の前にはかかってきますけど、それ以外は……」

「本当ですか」加賀は奈央子の顔をじっと見つめてきた。心の中まで見通そうとしているかのようだった。

「本当です。どうしてそんなことで、あたしが嘘《うそ》をつくんですか」

思わず声が尖ってしまった。不自然だったかと思ったが、加賀は気にした様子は見せずに、さらにこんなことをいった。

「中瀬さんが行方不明になられたことについて、何かお心当たりがあるとか、関連して何か思い出されるようなことはありませんか。どんな些細《ささい》なことでも結構ですが」

「ありません。だって、うちは単なる客なんですから」

加賀は頷いた。だがそれは納得していることを示すものではなかった。奈央子の答えが予想通りであることを確認しているように見えた。

「じつは、妙な電話が中瀬さんのところにあったそうなんです。中瀬さんが行方不明になる少し前にね。電話に出たのは、中瀬さんの奥さんだったらしいのですが」

「妙な電話って？」

「あなたの御主人は浮気をしている。相手は二年前に出来たニュータウンに住んでいる人妻だ。電話の男は、このようにいったそうです」

「そんな……」

「それで中瀬さんの職場に問い合わせてみたところ、新日ハウスが二年前に扱ったニュータウンといえば、ここ以外に考えられないんです。しかも中瀬さんの担当となると数が限られてきましてね」

具体的に中瀬の担当が何軒あるのか、加賀は明言しなかった。この刑事はかなり下調べをした上で、自分のところへ来たのだと奈央子は思った。

「うちは……あたしは関係ありません」彼女は、きっぱりといった。「中瀬さんと浮気だなんて……ばかばかしい」

「不快に思われるのはもっともだと思います。しかし、そういう電話があった以上、そして当の中瀬さんが行方不明になっている以上、一応調べないわけにはいかないんです。何らかの事件に巻き込まれた恐れもありますから」

事件、というところを刑事は強調していった。

「どこか、よその奥さんの話じゃないんですか。とにかく、うちは無関係です。こんな時にそんな話を聞かせるなんて……失礼過ぎます」奈央子は声が震えるのを抑えられなかった。

「申し訳ありません。不謹慎なことは百も承知です」加賀は頭を下げた。「御主人がお亡くなりになられたばかりだそうですね」

「ええ」奈央子は目を伏せた。

「では、お線香をあげさせていただけませんか。警察の人間としては、交通事故の被害者と聞くと、黙っては見過ごせないんです」

「でも」

「いけませんか」

あまり固辞すると、この加賀という刑事はかえって不審に思いそうだった。それで奈央子は、「それでは」といいながら、スリッパを並べた。

一階の和室に小さな仏壇が置いてある。今回急遽《きゅうきょ》購入したものだ。隆昌《たかまさ》の遺影が額に入れられている。額の横には花が飾られている。

仏壇の前で手を合わせた後、加賀は正座したまま身体を奈央子のほうに向けた。

「相手の脇見運転だと聞きましたが」彼はいった。事前に調べてきたらしい。

「主人が自分の車に乗り込もうとしたところへ、トラックがものすごい勢いで突っ込んできたんです。何かの死角になっていたと、相手の運転手はいっているらしいんですけど」

「あなたもその場面に……」

「ええ」奈央子は頷いた。「居合わせました。あたしを駅まで送ってくれた直後のことでしたから」

「あなたを駅まで送ったというと？」

「静岡にいる母の具合がよくないということなので、あの夜から看病に行くことになっていたんです。それで荷物が多かったので、主人が車で送ってくれたんです」

「大変なことでしたね。当然静岡行きも取りやめになったわけでしょう？」

「母には悪いことをしました」

「事故が起きたのは、何日ですか」加賀は手帳を取り出してきた。そしてメモを取る準備をした。

「先週です。二十日です。午後六時頃でした」

「二十日」手帳に書き込んでから、加賀は首を傾《かし》げた。「中瀬さんが行方不明になった日ですね」

「それが何か？」

「いえ、特に意味はありません。偶然だなと思っただけです。それで賠償請求のほうは順調に進んでいますか」

奈央子は首を振った。

「相手の人が保険に入っていなくて、困っているところです。知り合いの弁護士の先生に、お任せしてあるんですけど」

「なるほど。そういう話は多いですね」加賀は気の毒そうにいった。「静岡行きは、いつ決まったのですか」

「事故のあった二、三日前です」

「その間、御主人は留守番をされる予定だったわけだ。一緒に行くとはおっしゃらなかったのですね」

「あの人は忙しいですから……。それに、あたしが実家に帰るのだって、本当は面白くなかったと思います」

「そういう旦那さんは多いですよ。奥さんを独占したいということでしょう」

さあ、と奈央子は首を傾げておいた。

「すると静岡へはお一人で行かれるつもりだったのですね」

「いえ、同郷の友人がまだ独身で、この近くに住んでいるんです。彼女も久しぶりに帰ってみたいといっていたので、一緒に行くつもりでした。駅で待ち合わせていたので、彼女も事故を目撃しました」

その友人は、先程電話をかけてきた女性とは別だった。日頃はさほど交流もない。

ほう、と加賀は興味を持った顔になった。

「差し支えなければ、その方の名前と連絡先を教えていただきたいのですが」

「それは構いませんけど、何のためにですか。中瀬さんのこととは全然関係がないと思いますけど」

全然、という言葉に力を込めた。

「確認のためです。どんな内容でも、聞いた話の確認を取るというのは、我々の義務みたいなものなんです」

刑事がどういう狙《ねら》いのもとにこんなことをいうのか、奈央子にはよくわからなかった。しかし少し考えてみて、やはり下手に逆らうのは得策でないという結論に達した。少々お待ちくださいい、といって彼女は立ち上がった。

「二十日は、それまではずっとこちらにいらっしゃったのですか」友人の名前と連絡先を控えると、加賀は訊いた。

「家を出る少し前、お隣に御挨拶《ごあいさつ》をしていきました。それ以外は、ずっと家にいました」

「なるほど」

加賀も腰を上げた。奈央子は彼を玄関まで見送った。

「例の中瀬さんのお宅にかかってきた電話ですが」靴を履《は》きながら加賀はいった。「そういう中傷めいたことをいう人物に心当たりはありませんか。仮にここでお名前を出されても、決して口外はいたしませんが」

「そんなことをいわれる覚えは全くありません。そういう卑劣《ひれつ》なことをする人にも心当たりはありません」

「そうですか」加賀は頷いた。「ではもし何かありましたら、連絡をください」

刑事が出ていくと、奈央子はすぐにドアの鍵《かぎ》をかけた。足から力が抜けそうになるのをこらえ、和室に戻った。そして先程まで刑事が敷いていた座布団の上に座り込んだ。

幸伸《ゆきのぶ》さん、と彼女は口の中で呟《つぶや》いた。それは中瀬の、下の名前だった。

4

奈央子が坂上隆昌と結婚したのは、今から七年前のことだ。隆昌は三十五歳、奈央子は二十七歳だった。

二人とも都内の製薬会社に勤めていた。しかし職場は全く別で、奈央子は友人を通じて紹介されるまで、隆昌のことは顔も知らなかった。

ところが隆昌のほうは彼女のことをよく知っていた。社員食堂で見初《みそ》めて、以来ずっと気にしていたのだという。知り合ってからは、こまめに電話をかけてきた。

特に交際している男性がいなかったから、というだけの理由で、奈央子は何度か食事に付き合った。やがて結婚を申し込まれた。何回目のデートの時だったか、奈央子ははっきりと覚えていない。銀座のフランス料理店で食事をした後だったということだけ、おぼろげに記憶にある程度だ。キスさえまだだったから、この申し出には正直戸惑った。結婚のことを全く考えなかったわけではなかったが、こういうことはもっと手順を踏まれるものだと思っていた。どんなことでも自分のペースでしか物事を進められないというのは、隆昌の欠点の一つだった。

実直そうな隆昌に好感は持っていたが、男性として好きだといえるほどの感情はなかった。会う約束をしていても、胸がときめいたことなど一度もない。友人とコンサートに行く約束をしている時のほうが、はるかにわくわくした。

それでも周りからの強い勧めに押される形で、奈央子は結婚を承諾した。自分の年齢が気になり始めてもいた。同僚たちは次々に寿《ことぶき》退社をしていく。このまま独身で会社にいてもいいことはないだろうという気もしていた。

結婚すれば相手のことを好きになるかもしれない、そういう形の恋愛だってあってもいいはずだ——奈央子はそんなふうに自分を納得させることにした。

教会での結婚式も、二百人以上が出席した披露宴も、彼女にとって特に楽しい思い出でもなかった。印象に残っているのは、やけに醒《さ》めた気分でスピーチを聞いていたことぐらいだ。キャンドルサービスの際、夫の友人たちが蠟燭《ろうそく》に悪戯《いたずら》をしたため、なかなか火がつかなかった時には、単に不愉快になっただけだった。

それでも、と彼女は信じた。時間が経てば、結婚してよかったと思う日が来るはずだ。

だが隆昌と一緒に暮らし始めて間もなく、彼女は自分の選択が間違っていたことに気づいた。妻にしたということで安心したのか、隆昌は途端に横暴さを剝《む》きだしにし始めたのだ。

加賀刑事がいったように、彼は妻のことを独占しておきたかったようだ。しかしそれが愛情だとは、奈央子にはとても思えなかった。彼は奈央子が一歩でも外に出るのを極端に嫌がった。友人たちと買い物に行くことさえ、なんだかんだと難癖《なんくせ》をつけては、邪魔《じゃま》をするのだった。カルチャースクールに行くことも、家事がおろそかになる、という理由で反対された。隆昌は奈央子のことを、自分の性欲を満たし、自分のためだけに働く人形にしておきたかったようだ。

奈央子は小学生時代に同じクラスだった、ある女の子のことをしばしば思い出した。彼女は奈央子がほかの友達と遊んだり、親しげに話をしたりすると、ヒステリックに喚《わめ》いたり、相手の友達にいやがらせをするのだった。隆昌のしていることは、あの時の彼女と同じだと、いつも思った。

このまま自分の人生は終わっていくのだろうかと思うと、奈央子は暗い気持ちになった。子供もおらず、生き甲斐と呼べるものが彼女にはなかった。我儘《わがまま》な子供がそのまま大人になったような夫が帰ってくるのを、ただじっと待っているだけの毎日だった。二年前に隆昌が念願の一戸建てを購入した時でさえ、心浮き立つようなことは全くなかった。新築の匂いがする家に足を踏み入れた時、最初に彼女が思ったことは、ここが自分の死に場所になるのか、ということだった。

そんな時、中瀬幸伸が現れた。

「建築士の中瀬です」

玄関で名刺を出しながら挨拶した彼のことを、奈央子は今もはっきりと思い出すことができる。日焼けした顔は悪戯っ子のようで、白い歯はすがすがしかった。

隆昌が忙しかったこともあり、新しい家に関する説明は、奈央子が一人で受けることになった。中瀬はその説明のためにやってきたのだった。

彼を一目見た時から、奈央子は心がひかれた。彼もまた隆昌と同様に少年の部分を残していた。しかし中瀬が持っていたのは我儘《わがまま》さではなく純粋さだった。

「自分が担当した家を、お客様に見ていただく時には、やっぱり緊張しますね。どんな家でも、それなりにがんばって作っていますから。子供の成績について、担任教師と話をするようなものです」

笑いながらこんなふうにいった中瀬の目は、きらきらと輝いて見えた。仕事が好きなのだろう、と奈央子は思った。

家の説明が終わった後、奈央子は彼のために紅茶をいれた。新しい家の居間に置かれた、新しい応接セットで、彼女は中瀬と向き合って紅茶を飲んだ。

中瀬は奈央子よりも一つ年上だった。結婚はしていたが、子供はいないということだった。驚いたことに、見合い結婚だった。

「上司の紹介だったんです。断る理由が特に思いつかなくて、まあ何となく結婚してしまったという具合でしてね」そういって中瀬は笑った。

たぶん事実とは違うのだろう、と奈央子は思った。実際には、きっと相手の女性のことを気に入ったに違いない。それでも奈央子は、こんな素敵な人が見合いだなんてもったいない、と感じた。

その一ヵ月後に、再び中瀬はやってきた。定期点検だった。何か不具合はないかと尋ねる彼に、奈央子は二、三気のついたことを指摘した。彼はその場で処置してくれた。

その後で彼女はまた紅茶を用意した。コーヒーよりも紅茶が好きなのだというと、中瀬は膝《ひざ》を叩いて、「だったら、いい店がありますよ」といって、ある紅茶専門店を教えてくれた。

「じつは、仕事の合間に、こっそり飲みに行くことがあるんです。誰にも教えていない、秘密の場所です」悪戯っ子の顔で彼はいった。

それから数日後、買い物で出かけるチャンスがあり、そのついでに奈央子は中瀬から教わった紅茶専門店に立ち寄った。英国風の店なのかと思っていたがそうではなく、テーブルや椅子《いす》に原木が使われていたりして、むしろ南国風といえた。どうやら紅茶の原産地であるセイロンの雰囲気を狙っているようだ。奈央子は隅の席につき、ミルクのたっぷり入ったシナモンティーを注文した。

そこへ中瀬幸伸が現れた。

全くの偶然だった。奈央子は胸がどきどきするのを感じた。正直なところ、彼が来るのではないかと期待していた。

彼は奈央子がいることに、すぐには気づかなかったようだ。一旦よその席についてから、彼女のほうを見て、驚いた顔をした。

中瀬は、彼女が一人だということを確認すると、席を移ってきてもいいかと訊いた。奈央子としては、悪いわけがなかった。

家の外で会っているという事実は、それまでとは違ったときめきと興奮を奈央子に与えた。中瀬のほうも、いつもよりリラックスして見えた。

それ以来奈央子は、しばしばその店を訪れた。それは大抵、火曜日と木曜日の午後二時頃だった。中瀬が立ち寄るのがその頃だということを、彼の口から聞いたからだった。

味気《あじけ》ない毎日の中で、奈央子にとって、唯一楽しい気分になれる時間といってよかった。たまに店で会えない時があると、その日は浮かなかった。

家の半年点検の時にも、中瀬はやってきた。寝室の床がきしむことを、奈央子は彼にいった。本当は彼を寝室に入れたくはなかった。夫婦の営みを暗示させるものが、いたるところに散らばっているように思えるからだ。だが床のきしみに気づいたのは隆昌だった。次の点検の時には修理させろよと彼からいわれていたのだ。

中瀬は寝室の床を、黙々と修繕した。彼の視線は、室内の余計なところへは向けられなかった。特にダブルベッドからは意図的に避けられているように奈央子には見えた。

「お子さんをお作りになる予定はないんですか」居間に戻ったところで中瀬は訊いてきた。寝室を見られた後なので奈央子の耳には露骨な質問のように聞こえたが、彼としては深い意図はなかったに違いない。

「もう主人のほうも、そういう気はないみたいです」と奈央子は答えた。「あたしも、もう若くはありませんし」

「奥さんは若いですよ。とても」

「ありがとうございます。それより中瀬さんのところこそ、お子さんが欲しいんじゃありませんか？」

「さあ」中瀬は首を傾げた。「なんだか、もう夫婦じゃないみたいになってしまいましたからねえ」

「そうなんですか」

「やっぱり、別々の環境で育ってきた人間が一緒に住むというのは、いろいろと難しいですね。

価値観が違うとでもいえばいいのかな」

この中瀬の台詞《せりふ》に対してどう答えたのか、奈央子は正確には覚えていない。自分もそう思う、というような意味のことをいった覚えはある。しかし彼女の記憶に鮮烈に残っているのは、その直後に中瀬と見つめあったことだった。やがて彼は彼女の肩に触れてきた。彼女が抵抗せずにいると、ごく自然に抱き寄せられた。

ぎりぎりのバランスを保っていた何かが、奈央子の心の中で乱れた。小さな傾きは、すぐに大きな揺れへと変わった。雪崩《なだれ》に埋まるように、中瀬に対する気持ちが急激に全身を支配していくのを、自分ではどうすることもできなくなった。

いわゆる不倫の関係が、その日から始まった。

5

安部絹恵が庭木に水を撒《ま》いていると、隣の坂上家から若い男が出てくるのが見えた。先週亡くなった坂上隆昌の知り合いかもしれないと思った。

だが男は絹恵に気づくと、会釈《えしゃく》しながら近づいてきた。彫《ほ》りが深いので、今日のように晴れた日では、眉《まゆ》の下に影が出来ている。

「ちょっとお尋ねしたいことがあるんですが、今よろしいですか」男は警察手帳を出してきた。

「何ですか」ホースの水を止め、絹恵は訊いた。

「二十日のことです。坂上さんの奥さんが、こちらへ挨拶にこられたそうですね」

「ええ。三日ほど留守にするので、何かあったらここに連絡してほしいといって、静岡の実家の電話番号を書いたメモを持ってこられました」

「ほかにはどういう話を？」

「あとは単なる世間話です。ゴミ置き場にカラスが増えたとか、夜中にバイクが走り回ってうるさいとか」

「坂上さんの様子に変わったところはありませんでしたか」

「変わったところって？」

「どんなことでも結構です。いつもと違ったようなことです」

「そりゃあ、あんな事故があったんですから、ひどく落ち込んでおられましたけど」

絹恵がいうと男は首を振った。

「事故の前です。坂上さんがこちらに挨拶しに来られた時の様子についてです」

「事故の前ですか。さあ、別になかったと思いますけど」絹恵は首を捻《ひね》った。正直なところ、あまりよく覚えていなかった。なぜこの男は、事故の前のことなどを訊くのだろうと思った。「そういえば、珍しく自分のほうから、よくお話しになったような気がしますけど」

「坂上さんのほうから？　いつもはそういうことはないんですか」

「ないということはないですけど、どちらかというと無口な人ですから」

「話をしていたのは何分ぐらいですか」

「さあ、十分ぐらいだったと思いますけど」何のための質問かわからず、絹恵は少しいらいらし始めた。

その時だった。どこからか水が飛んできて、男の足元を濡らした。男はびっくりした様子で後ずさりした。

絹恵は横を見た。息子の光平《こうへい》が、水鉄砲を持って家の陰に隠れていた。

「光平っ、何やってるのよっ」

彼女が叱《しか》ると、光平は反対側に走っていった。

「すみません、大丈夫ですか」男の足元を見て、絹恵は謝った。

「平気です。ところで、坂上さんとは日頃からよくお付き合いされているのですか」

「よくというほどでもありませんけど、ちょっとしたお裾分《すそわ》けなんかをし合ったりしています。ご近所は大切にしませんとね」

「坂上さんが亡くなられた後、あちらのお宅に行かれたことは?」

「ありますよ。お葬式の翌日だったかしら。松茸《まつたけ》御飯を持っていってあげたんです。たぶん、まともなものを食べてないだろうと思ったから」

その時のことは絹恵もよく覚えている。奈央子は礼をいい、お茶でも飲んでいかないかと誘ってきた。

紅茶を飲みながら、とりとめのない話をした。奈央子は淡々と、事故の様子を語ったりした。それで、もうふっきれているのかなと絹恵は思ったが、そうでないことをすぐに知った。

何気なくキッチンのほうに目を向けた時、冷凍食品や冷凍してあった米飯《べいはん》などが外に出されているのが見えたのだ。たぶん、ゆっくりと料理を作る気分には、まだなれないということだろう。松茸御飯を持ってきてあげてよかったと絹恵は思った。

そんな話をすると、男は何事か考え込んでいた。それから、ふと我に返った顔をすると、礼をいって立ち去った。

6

シナモンティーを飲み終えてしばらくすると、いつものウェイトレスが近寄ってきて、おかわりはいかがですかと尋ねた。中瀬と会っていた時は、おかわりをするのが常だったからだろう。

「今日は結構よ」というと、ウェイトレスは微笑んで遠ざかった。

もうこの店には来ないほうがいいかもしれない、と奈央子は思った。彼のことを思い出すために来たのだが、これほど胸が締めつけられるとは思わなかった。

料金を支払い、店を出た。考えてみれば、自分で紅茶代を出すのも久しぶりだった。

家に帰るには、電車を一駅分だけ乗らねばならなかった。それで奈央子は駅に向かって、とぼとぼと歩き始めた。中瀬はいつも会社のライトバンに乗っていたが、彼に家まで送ってもらったことはなかった。誰に見られるかわからないからだ。

遠くの空が赤くなり始めていた。舗道を歩いていると、後ろから誰かが駆けてくる足音が聞こえてきた。最初は自分とは関係がないと思っていた。だが、すぐそばまで近づいてから足音がゆっくりになったのを聞いて、奈央子は振り返った。

練馬警察署の加賀が、歩きながら頭を下げた。

「あたしのこと、つけてたんですか」

奈央子が訊くと、加賀は少しばつの悪そうな顔をした。

「まあ、ちょっと歩きながら話しませんか。お時間はとらせませんから」そういうと駅に向かって歩きだした。

奈央子は、今朝となりの安部絹恵から聞かされた話を思い出した。昨日、警察の人間から、いろいろと質問されたということだった。この刑事はあたしを疑っているのだ、と奈央子は確信していた。

「あれからいろいろと調べたのですが」加賀は話し始めた。「二十日に中瀬さんが会う約束をしていたという友達が、どうしても見つからないのです。会社関係、学生時代の友人、全部当たったのですが、誰も約束していないというんです」

「それがあたしと、どういう関係があるんですか」前を向いたまま奈央子は答えた。早く駅に着けばいいと思った。道のりがやけに遠く感じられた。

「男が妻に嘘をいって出かける時というのは、どういう時だと思いますか」

「愛人に会う時だとおっしゃりたいんですね」奈央子は平静を装っていった。「しかもその相手は、あたしだって」

「坂上さん」加賀は立ち止まった。「先程あなたが紅茶専門店におられたことも、私は知っているんですよ」

奈央子は、あっと声を出しそうになった。その彼女に加賀は続けていった。

「あそこのウェイトレスに中瀬さんの写真を見せて尋ねました。さっき出ていかれた女性と、この男性が一緒に来たことはないかとね。ウェイトレスがどう答えたかは、お教えするまでもありませんね」

奈央子は答えず、再び歩き始めた。だが心の中には嵐が吹き荒れていた。何という迂闊《うかつ》なことをしてしまったのだろう。尾行されていることにも気づかず、あの店に行ってしまうなんて――。

「坂上さん」加賀が追ってきた。「中瀬さんは、どこにいるんですか」

「知りません」奈央子はかぶりを振った。「中瀬さんと、お茶を飲んだことぐらいはあります。家のことで、いろいろと相談に乗ってもらっただけです。特別な関係だったなんてこと……そんなこと、絶対にありません」

「そんな説明で、納得できると思いますか」

「いくら納得できなくったって、それが事実なんだから仕方ないじゃないですか」

ようやく駅に着いた。奈央子は券売機に駆け寄った。

「奥さん」加賀がすぐ横にきた。

「大きな声を出さないでください。人が見るじゃないですか」

「では、これだけ教えてください。中瀬さんは生きているんですか」

加賀の質問に、奈央子は目を見張ってしまった。それから急いで顔をそむけ、改札口を目指した。

「坂上さん」

「あたしは何も知りません」

自動改札機を通り、振り返らずホームに向かった。加賀はついては来なかった。タイミングよく電車が入ってきたので、そのまま乗り込んだ。

鼓動は、なかなかおさまらなかった。窓の外を流れる家並みに目を向けながら、もう終わりかもしれないと奈央子は思った。

何もかも誤算だった。やはり最初から間違った道に迷い込んでしまったのだと考えるしかなかった。

「もう我慢できない。あの話を実行に移そうと思うんだ」

中瀬幸伸が重大な決意を口にしたのは、今から二週間前のことだ。二人は、いつも行く紅茶専門店の近くにあるホテルにいた。

「でも、もし失敗したら……」その先を奈央子は口に出せなかった。あまりにも恐ろしい想像だった。

「君をいつまでもあんな男のそばに置いておきたくない。まだ若いのに、これから先の人生を彼に捧げるつもりかい」

「そんなこと……考えたくない」

「だったら、もう道は一つしかないんじゃないか」

「そうなのかな」

自分たちの話し合っている内容を改めて見つめ直し、奈央子は震えを覚えた。それは隆昌を殺す相談だったのだ。

元々は彼女の衝動的な一言がきっかけだった。ベッドの中で思わず呟いたのだ。死んでくれればいいのに、と。

理由は、その少し前に隆昌の実家に帰ったことにある。彼の実家は福井県だ。古い日本家屋に、坂上家の人々が集まっていた。隆昌は男ばかり四人兄弟の長男で、弟たちのうち二人はまだ独身だった。

長男の嫁である奈央子は、まるで家政婦のように働かされた。いや、奴隷《どれい》といったほうが適切かもしれない。家に着くなり彼女が命じられたことは、総勢十数人の食事の支度をすることだった。献立はすべて決められており、その材料だけが薄暗い台所に積まれていた。動きやすい服とエプロンを忘れるなと隆昌からいわれた理由が、この時にわかった。

一同が宴会をしている間も、奈央子は座ることさえできなかった。料理を運び、酒を運び、使い終わった食器を下げる。

「義姉《ねえ》さん、大変そうだな。後はお袋に任せて、少し休んでもらったらどうだい」さすがに気の毒に思ったか、弟の一人がいった。

ところが次に発せられた隆昌の言葉に、奈央子は耳を疑った。

「いいんだよ。こういうことをやらせるために連れてきたんだ。お袋はじっとしてろ。長男が嫁を連れて帰ってきたのに、母親が働いてるなんて、世間に知れたらみっともないだろ」

この時奈央子は汚れた箸《はし》を片づけているところだった。箸の鋭利な先端を見て、隆昌の少し脂肪のついた首筋に突き刺したくなった。

「すごいなあ兄貴、よくあんな人を東京で見つけたよな」

「馬鹿野郎。見つけるんじゃない。教育するんだ。甘やかすとつけあがるから、ふだんからビシッと締め付けてるんだよ。おまえらも嫁さんをもらったら、絶対に甘い顔を見せるなよ。女なんか、教育次第でどうにでもなるんだからな」

酒臭い息を吐き出しながら、隆昌は怪気炎を上げ続けた。

奈央子に与えられた仕事はこれだけではなかった。家の大掃除を手伝わされ、寝たきりの義祖父の世話までやらされた。姑《しゅうとめ》からは露骨に、「奈央子さんのために仕事をとっておいたのよ」などといわれた。滞在期間は三日だったが、その間に体重が三キロも減った。

それなのに隆昌からは労《ねぎら》いの言葉一つもなかった。帰りの電車の中でいわれたことは、仕事の段取りが悪いとか、挨拶の仕方がなってないといった小言ばかりだ。気の弱い奈央子もさすがにいい返しかけたが、他人の目があったし、何より言い争いをする気力さえなかったので黙っていた。

そのかわりに心の中で呟き続けていた。死ねばいい、こんな男、早く死んでしまえばいいんだ。しかしそんな幸運はおそらく訪れないだろうと思い、絶望的な気分に陥《おちい》ったのだった。中瀬の前で「死んでくれればいいのに」と漏《も》らしたのは、ふっと気が緩《ゆる》んだ拍子に出た本音でもあった。

ところが彼はこの本音を聞き流したりはしなかった。彼は真剣に、彼女の望みを叶《かな》えることを考え始めたのだ。

「君がほかの男に抱かれているかもしれないと思うと、たまらないんだよ。しかもあんな男に」

「あたしだって……」奈央子は口ごもった。

中瀬は、最近では全く妻との性交渉はないような口ぶりで話す。しかしそれはたぶん真実ではないだろうと奈央子は踏んでいた。彼女自身が、隆昌とのことを正確には話していないのと同様に――。

「離婚してくれる可能性は、ないんだろ?」中瀬は訊いた。

「残念だけど、たぶんそうね」

「僕のほうは何とかなると思うんだけどな。慰謝料は、がっぽりとられるだろうけど」

「主人のほうは慰謝料なんかでは納得しないわ。それに、あたしには自由になるお金なんて全然ないし」

「じゃあ、やっぱり決断するしかないじゃないか」

「だけど、本当にうまくいくかしら」

「いかせるしかないよ。そうしないと、僕たちは永久に一緒にはなれない」中瀬はベッドから出ると、バスローブを羽織った。「計画を、もう少し具体的に練り直してみたんだ。ちょっと聞いてくれるかい?」

ベッドに横たわったまま、奈央子は頷いた。

「肝心なことは、君のアリバイを作っておくことだと思う。僕たち二人のことは誰にも気づかれていないはずだから、僕が疑われることはないだろう。君は、まずどこかに外泊して、その間に僕が家に忍び込むというやり方でどうだい」

「強盗の仕業《しわざ》に見せかけるの?」

「うん。警察に、動機を調べられると面倒だからね」

「でも主人は昔柔道をやっていたことがあって、とても力が強いわよ」

「まともに向かっていく気はないよ。御主人はいつも帰りが遅いといってただろ? 駐車場で待ち伏せして、車から降りてきたところを、後ろから襲うつもりだ」

「どうやって?」

「それは」といいかけて、中瀬は首を振った。「それはこれから考える」

たぶん彼は具体的な方法を決めているに違いなかった。しかし奈央子のことを思い、口に出すのをためらったのだろう。

「強盗の仕業だと思ってもらえるかしら」

「財布を盗んでいくよ」

そんなことで警察の目をごまかせるだろうかと奈央子は心配になった。自分たちのやろうとしていることが、とても非現実的なことのように思えた。

「大丈夫かしら。あなたが警察に捕まったりしたら、あたし、どうしていいかわからない。きっと、気が変になるわ」

「うまくやってみせるよ。そうしないと、僕たちに未来はない」

中瀬はベッドに腰かけ、奈央子の手を握った。その手を強く握り返しながら、死ぬ覚悟が必要かもしれない、と彼女は思った。

二人の決意をさらに強くする事態が訪れたのは、それから間もなくだった。奈央子は隆昌から、驚くべきことを聞かされた。来月から京都に転勤だというのだ。

「前から希望を出していたんだが、今頃、きいてもらえることになった。俺は来月早々に出発して、住むところなんかを決めてくるから、奈央子も準備や挨拶が済み次第来てくれ。わかったな」

例によって隆昌に、奈央子の都合を訊く意思はないようだった。そんなに急にいわれても困ると一応反論してみたが、一緒に京都へ行けないどういう合理的な理由があるのかと問われれば、いい返すことができなかった。

「どうして京都への転勤なんか希望したの？　あっちに行ったって、いいことなんか何もないんでしょ」せめてその点を問うた。

「あっちのほうが近いからだ。決まってるだろ」隆昌は面倒そうに答えた。

奈央子は改めて闇に包まれる思いだった。近い、というのは、福井の実家に近い、という意味だろう。彼が将来は実家に住みたがっているということを彼女は勘づいていた。

「でも、それならどうして家を買ったのよ」

「その点は問題ない」

「問題ないって……」

「和昌《かずまさ》がいずれ上京してくる。あいつが住むということで話がついてる」

「そんな……」

憎悪が決定的な殺意へと変わったのはこの時かもしれない。隆昌は自分のことを単なる所有物としてしか考えていないということを奈央子は思い知った。

京都行きを聞くと、中瀬はひどく焦《あせ》った。

「急がなきゃいけないな。君は家を空けられるかい?」いつものホテルで彼は訊いた。

「母の具合がよくないことは前からいってあるから、看病のため二、三日実家に帰ることはできると思う」

「じゃあ、早く予定をたててくれないか。僕のほうも、それに合わせて準備することがあるから」

「本当にやる気なの?」

「やる気だよ。今さら、何をいってるんだ」中瀬は奈央子の身体を抱きしめた。「ここで決断しないと、もう一生会えなくなるかもしれないんだぜ。それでもいいのかい」

奈央子は抱かれながら、かぶりを振った。中瀬に会えなくなることも、隆昌に支配し続けられることも嫌だった。

その後二人は電話でやりとりしながら、計画の細部を詰めていった。奈央子は隆昌に、二十日の土曜日から実家に帰りたいと伝えてあった。その希望は受け入れられたが、注文を一つ隆昌から出されていた。月曜日に自分が帰宅した時には必ず家にいるように、というのだった。

「それじゃあ、御主人が会社から帰ってくるところを狙うわけにはいかないな。土、日は会社は休みなんだろう？　となると、御主人が自宅にいるところを狙うしかないわけか」

少し考えた後、夜中に眠っているところを襲おう、と彼はいった。

「あの家なら、忍び込むことは難しくない。いくら柔道の心得があったって、眠っていたらどうしようもないはずだ。御主人は最近、睡眠薬を使うことがあるといってたね。そういう時だったら、まず目を覚ますこともないだろう」

「でも幸伸さん、真夜中に家を空けられるの？」

「その日は泊まりの出張だとでもいっておくよ。女房は僕の予定になんか関心を示さないから、その点は大丈夫だ」

しかしこの計画も、すぐに立て直さねばならなくなった。奈央子が実家に帰っている間、隆昌も自宅にいないことになったからだ。

「土曜の夜から福井に帰る。月曜日は、京都のほうに行くことになった。赴任前の挨拶もしなきゃならんからな」こんなふうに隆昌がいいだしたのは、十八日の夜だった。

十九日の昼間、奈央子は中瀬に電話して事情を話した。さすがに彼もショックを受けた様子だった。

「じゃあ、犯行のチャンスは全くないということになるじゃないか」嘆きの口調で彼はいった。

「そういうことなの。どうしてこんなことになるのかしら。神様が、そんなことはしちゃいけないって、いってるのかな……」

「そんなふうに弱気になっちゃいけないよ。何かいい手があるはずだ。とにかく、このチャンスを逃がしたら、もうおしまいなんだからね」

アイデアを練り直してみるといって中瀬は一旦電話を切った。そして一時間ほどしてから、今度は彼のほうからかけてきた。

「ちょっと複雑だけれど、いい手を思いついた」と彼は電話でいった。「落ち着いて、よく聞いてほしい」

中瀬が話したその計画は、たしかに複雑なものだった。話を聞きながら、奈央子はメモをとらなければならなかった。

7

加賀刑事が不吉な風のごとく奈央子のところへやってきたのは、隆昌が死んでから十二日目のことだった。ベランダに出て洗濯物を干していると、彼の姿が近づいてくるのが見えたのだ。

途中加賀は一人の子供と道端《みちばた》で言葉を交わしていた。隣に住む安部光平だった。勝手に他人の家の庭に入り込むあの子供のことが、奈央子は好きではなかった。

奈央子が一階に降りていくと、ちょうどチャイムが鳴った。インターホンに出るまでもなかったので、彼女はいきなり玄関のドアを開けた。

「嫌われていることはよくわかっているのですが、また少しお訊きしたいことができましてね」

加賀は遠慮気味にいった。

どうぞ、と奈央子は招く手つきをした。加賀は少し意外そうだった。

一階の居間に彼を通した。いつか中瀬と向き合って座ったソファに、今日奈央子は刑事と座った。

「お友達に会ってきましたよ」と彼はいった。「静岡に一緒に帰る予定をしておられた方です」

ああ、と奈央子は頷いた。

「彼女には改めてお詫《わ》びをしなきゃいけなかったんです。忙しくて、すっかり忘れてました。何かいってませんでした？」

「あなたのことを心配しておられました。一刻も早く元気になってほしいとも」

「そうですか。迷惑をかけたままで、申し訳ないです」

「静岡行きをお誘いになったのは、前日だったそうですね」加賀はいった。「そのようにおっしゃってましたよ。前の日に急に誘われたって。でも、そういう時にすぐに対応できるのが、行かず後家の特権だと笑っておられました」

彼女らしい言い方だなと、友人の顔を奈央子は思い浮かべた。

「なぜ急に、あの方を誘うことにしたのですか」やや改まった口調で加賀は訊いてきた。

「急に思いついたからです。だって、一人で静岡まで帰るのなんて、つまらないでしょう？」

「駅で待ち合わせることを提案されたのも、あなたのほうだそうですね」

「そうだったかしら。忘れてしまいました」

「しかも、タクシー乗り場の近くを待ち合わせ場所に指定されたそうですね。ふつうなら雨が降った場合のことなんかを考えて、駅の中、たとえば改札口付近で待ち合わせるような気がするのですが」

「駅の中は人がごったがえすので、かえってわかりにくいと思ったんです」

「本当にそうですか」加賀が、奈央子の目をじっと見つめてきた。

「そうでなかったら、どうだというんですか。一体何がおっしゃりたいんですか」興奮したら負けだとわかっていながら、つい声を荒らげてしまった。

加賀はふっと肩の力を抜くような動作をした。

「待ち合わせ場所がタクシー乗り場の近くだったために、お友達も、事故を目撃することになりました」

「ああ……」奈央子は前髪をかきあげた。「それについては気の毒だったと思います。あんな光景は、誰だって見たくはありませんものね。あんな……ひどい有り様」

加賀は例によって手帳を取り出した。

「乗用車に乗り込もうとしたところへトラックが突っ込んできてしまったため、被害者は二つの車体に挟まれる形になったようですね。特に上半身の損傷が激しく、頭部は完全に押しつぶされたような状態――」

「やめてくださいっ」奈央子は両耳を手で覆った。あの時の光景は、もう思い出したくなかった。

加賀は手帳を閉じた。

「あの事故を担当した人間から話を聞いてきました。顔は全く判別できなかったそうですね。身元を確認する材料となったのは、所持していた免許証と、そばにいた家族、つまりあなたの証言でした」

「それが何だというんですか」

「葬式に出席した人からも話を聞いたのですが、棺桶《かんおけ》の蓋《ふた》を開けて、故人と最後の別れをするという例の儀式が、旦那さんの場合はなかったそうですね。顔が潰《つぶ》れているから、という理由で」

「いけませんか？　実際そうだったんだから、仕方ないじゃないですか」

すると加賀は身を乗りだし、テーブルに両手をついた。

「私の想像を聞いていただけますか。馬鹿げた話と一蹴《いっしゅう》されて結構ですから」

「構いませんけど、あたし、そろそろ買い物に行かないと……」

「たとえば」と加賀はいった。「Aという女性が、Bという男性を殺してしまったとします。故意だったかどうかはわかりません。大事なことは、彼女には自首する気はなかったということです。自首せず、何とか警察から疑われない方法はないものかと考えました。そこで彼女は、別のCという男性の協力を得ることにしました。具体的にはどうしたかというと、CにBのふりをしてもらい、第三者の前に姿を見せるのです。無論、それより以後、死体が発見されるまで、Aのアリバイは完璧でなくてはいけません。Aは友人と共に二、三日東京を離れる予定を立てていました」

「ちょっと待って――」

「この計画は、順調に進んだかのように思えました。ところが、全く予期せぬことが起こったのです。なんと、Bに化けたCが事故で死んでしまった。Aは途方に暮れたことでしょう。しかし、一つだけ幸運なことがあった。死体の身元が判別しにくい状態にあったのです。Aは最後の大勝負に出ました。つまり、死体はBであると証言し、そのままCの死体をBとして火葬したのです」

「ばかばかしい」奈央子は立ち上がった。「じゃあ、あれは中瀬さんだったとでもいうんですか」

「確認する価値はあると思います」加賀は静かにいった。「幸い、あの時に死んだ人物の血は、まだ事故車両に付着して残っているんです。旦那さんの髪の毛一本でもあれば、DNA鑑定が可能です」

「主人の髪の毛なんて、もうないと思います。あれから何度も掃除しましたから」

「その点は大丈夫です。旦那さんは会社に、専用の作業帽を持っておられるのです。そこに数本毛髪がついていましたから」

「それなら……鑑定でもなんでもすればいいでしょ」

奈央子は足早にキッチンへ行った。そしてガラスコップに水を注ぐと、一息で飲み干した。加賀から妙に思われることは覚悟の上だった。立っているのも苦しいほど、胸が苦しくなったのだ。

8

「今日はこれで失礼します」奈央子が戻ると、加賀が立ち上がっていった。「あとは、科学の力に頼るとしましょう」

奈央子は何も答えなかった。適切な言葉が思いつかなかったのだ。

「あれ、どうしてこんなところが濡れているのかな」加賀が、自分の右の袖に目を落とした。手首の少し前あたりに、水滴がついていた。

彼はハンカチを取り出しながら、天井を見上げた。奈央子もつられて上を見た。

どきり、とした。

ちょうど加賀が座っている位置の真上のあたりが、ぐっしょりと濡れていた。そこから水滴が落ちている。

「おかしいですね、雨も降っていないのに。それにこれだけ新しい家だから、雨漏《あまも》りがするはずもないし」

「さっき、二階で花瓶《かびん》を倒してしまったんです」奈央子は咄嗟《とっさ》にいった。「ずいぶん水が入っていましたから、それが染《し》みてきたんでしょう」

「じゃあ、早く何とかしたほうがいいですね。お手伝いしましょうか」

「いえ、あの、結構です」

「そうですか。では、私はこれで」加賀は玄関に向かった。

加賀が出ていくと、奈央子は玄関のドアの鍵をかけた。つい、吐息が漏れた。

本職の刑事はやはり怖い、と思った。わずかなヒントから、素人《しろうと》の考えたことなどたちどころに見抜いてしまうようだ。

加賀がさっき述べた内容は、中瀬が立てた計画と、ほぼ同じだった。違うのは、隆昌を殺すのは奈央子ではなく、中瀬だという点だった。彼は最後まで、彼女に手を下させようとはしなかった。二人のためにすることではあったが、危険な目に遭《あ》うのは自分だけで十分だと思っていたのだろう。

「犯行可能なのは土曜日だけだ。しかも、君が家を出た後、生きている御主人の姿を第三者に見せなきゃならない」電話で中瀬はいった。

「あたしが家を出た後は、あの人きっとすぐに福井へ行くわ。殺すチャンスなんて、ないんじゃないかしら」

「だから」中瀬は声を低くしていった。「実際には、君が出かける前に、犯行を終えておこうと思う」

「えっ、どういうこと？」

「つまり――」

中瀬のいう計画とは次のようなものだった。まず土曜日の夕方、隙を見て奈央子は隆昌に睡眠薬を飲ませる。彼が眠ったところで、奈央子は中瀬に連絡する。彼女が隣の家へ挨拶に行っている間に、中瀬は家に忍び込み、隆昌を殺す。その後彼は隆昌の服を着て、隣から戻ってきた奈央子を、車で駅まで送る。駅には予《あらかじ》め第三者を待たせておいて、隆昌が生きていたことの証人にする。ただしこの第三者は、隆昌の顔をよく知らない人間でなければならない。

うまくいくかしら、と奈央子は電話で何度も訊いた。やってみなければわからないということは充分に承知していたが、訊かざるをえなかったのだ。

うまくいくさ、と中瀬はそのたびに答えた。彼は自分自身にもいい聞かせていたのかもしれなかった。

しかし結果は、すべての計算が狂ってしまったのだった。

奈央子は階段を駆け上がった。廊下を足早に進み、寝室に入った。

一見したところでは、室内の様子に変化はなかった。床が濡れているふうでもない。しかし一階の天井から水が滴《したた》り落ちている以上、原因は一つしか考えられなかった。

彼女はダブルベッドに近づくと、上にかけてある羽毛布団をひきはがした。さらに枕を取り、マットを外した。

ひんやりとした空気が彼女の顔に触れた。

マットの下には、木枠に囲まれた空間があった。現在そこは奈央子にとって、秘密の世界だった。

彼女はその中を点検した。しかし異状はなかった。水漏れの起きる道理がなかった。

おかしい、と思ったその時だった。

「やはりそこでしたか」廊下のほうから声がした。

ぎくりとしてそちらを見ると、加賀がゆっくりと部屋に入ってくるところだった。彼は悲しそうな顔をしていた。

奈央子は身体を動かせなかった。なぜ出ていったはずの刑事がここにいるのかという疑問が脳裏をかすめた。同時に、そんなことは大した問題ではないという気もした。とうとう来るべき時が来てしまっただけだ。

「庭からお邪魔しました。居間のガラス戸の鍵を、あらかじめ外しておいたのです」

帰ったふりをして、もう一度忍び込んだということらしい。

「じゃあ水漏れは……」

「これです」加賀は右手に持っていたものを差し出した。

それはプラスチック製の水鉄砲だった。安部光平が持っていたものに違いない。

「先程あなたが席を外された隙に、これを使って天井を濡らしておいたのです。そうすれば、あなたはきっと秘密の場所を開けるに違いないと思ったものですから。姑息《こそく》なことをして申し訳ありません。でも、強引に部屋の中を捜索するようなことは避けたかったのです。御理解ください」加賀は頭を下げた。

「どうしてここに隠してあると……」

「ほかに場所が思いつかなかったからです。人間一人を隠せて、しかも簡易冷凍室に出来る空間といえば、ベッドの下しか考えられなかった。おまけにこの季節に、この部屋の窓だけがいつも開けっ放しでした。まるで部屋全体を冷やしたいかのように、ね」

「家の中に死体があることは、確信しておられたのですか」

「単純な算数です。二人の男が消えて、一人の死体は火葬済みです。では残る一人はどこへ消えたのか」

「そうですか」奈央子は膝を床についた。「そうですね。単純ですよね」

その簡単な計算を間違えたのだ、と彼女は思った。

「きっかけになったのは、お隣の奥さんの話です」

「安部さんの？」

「葬式の後、あなたは冷凍保存してあったものばかり食べておられたそうですね。それを聞いた時、何らかの理由で、冷凍庫が必要になったのではないかと考えました。真っ先に思いついたのは、死体そのものを切り刻んで、冷凍してあるのではないかということでした」

「そんな……」奈央子は首を振った。聞いているだけで鳥肌が立った。

「ええ。そんなことはあなたには無理でしょう。それにこちらの冷蔵庫を見たかぎりでは、どんなに上手に刻んでも、一人分の死体を収めることは不可能です。そこで別の可能性を探ることにしました。それで、この近くにある薬局を何軒か回ってみたのです。あなたの写真を持って」

加賀の話を聞き、奈央子は吐息をついた。

「あたしのことを覚えている人はいました？」

「何人かはね」と加賀はいった。「アイスノンを、四つも五つも買っていく人は、そうたくさんはいませんから」

「そうでしょうね」奈央子はかすかに笑った。自嘲《じちょう》したのだった。「やっぱり、もっとたくさんの薬局を回ればよかった……」

「コンビニにも当たってみたんですよ。駅前の店で、あなたが毎日のようにロックアイスを買って帰るという証言を得ることができました。コンビニで氷を買い、その帰りに花屋さんに寄るというのが、あなたの日課だった」

「氷……重かったわ」

「『棺《ひつぎ》』の中を見せていただけますか」

「ええ」奈央子はベッドから一歩退いた。「どうぞ」

加賀がベッドに近づいてきた。指紋がつくのを防ぐためか、白い手袋をはめながら、中を覗《のぞ》き込んだ。

奈央子は彼の顔を見つめた。刑事は一瞬訝《いぶか》しげな表情をし、次に不思議そうな目になった。そしてやがて、驚きの顔に変わった。

「これは……」

「ええ」彼女は頷いた。「刑事さんの想像とは違っていたでしょう？」

「どういうことですか」

「計算違いだったんです。何もかも」そういいながら彼女は視線を落とした。

ベッドの中の棺に眠っていたのは、坂上隆昌ではなく中瀬幸伸の死体だった。

9

二十日の夕方、隣の安部絹恵に挨拶した後、奈央子は自宅に戻った。当初の計画では、犯行を終えた中瀬幸伸が待っているはずだった。

ところがあの時、玄関で彼女を出迎えたのは隆昌だったのだ。

彼は奈央子の荷物を手に持っていた。

「早くしないと遅れるぞ。駅で待ち合わせをしているんだろう？」そういうと、靴を履き、さっさと家を出てしまった。

わけがわからぬまま、奈央子は夫の後を追った。隆昌はすでに車に乗り込もうとしているところだった。

予定が変わったのかもしれないと彼女は思った。中瀬のほうに何か事情があって、計画を中止せざるをえなかったのだ。そう考えると奈央子は、幾分残念に思いながらも、やはり安堵《あんど》していた。殺人などという重罪は犯したくない、中瀬にも犯させたくないという気持ちが、心の大半を占めていたということだ。

これからのことは静岡から帰ってから考えよう、と彼女は思った。

車の中で夫はずっと無言だった。その理由について、彼女は深く考えなかった。女房が家を空《あ》ける時には、いつも不機嫌だからだ。

その夫が口を開いたのは、駅が間近に見えた時だった。

「奈央子」と低い声で彼は話しかけてきた。

その声を聞いた瞬間、なぜか奈央子は背中が寒くなった。不吉なことをいわれると直感した。

「俺《おれ》のことを舐《な》めるなよ。おまえが家で何をしているかなんてことは、全部お見通しなんだからな」

「……何のこと？」

「おまえが静岡から帰ったら教えてやるよ。とにかく悪いのは、おまえたちのほうだ」

おまえたち、という表現を使ったことから、隆昌が彼女と中瀬の関係を知っていることは明らかだった。そのことも衝撃的だったが、何より奈央子が気になったのは、中瀬が今、どこでどうしているかということだった。

しかしそれを夫には訊けなかった。そんな状態のまま、車は駅に着いた。

隆昌は車を止めると、トランクを開け、奈央子の荷物を下ろした。それから睨《にら》みつけるような目を彼女に向けた後、再び車に乗り込もうとした。

事故が起きたのは、その直後だった。

何が起きたのか、すぐにはわからなかった。ついさっきまで自分が乗っていた車の側面に、大きなトラックの前部がめりこんでいた。周りの騒ぎ声や人の駆け出す音なども、ガラスの向こうから聞こえてくるように遠かった。

それから後のことを思い出そうとすると、奈央子はいつも記憶が混乱する。警官から事情を訊かれたのが病院でだったか警察署でだったかさえも覚えていない。一緒に静岡に帰るはずだった友人がいつもそばについていてくれていて、自宅まで送ってくれたことは辛《かろ》うじて記憶にある。

そこから先のことは、鮮明に覚えている。ぼんやりと寝室に入ってきて、明かりをつけた途端、それが目に飛び込んできたのだ。

寝室の床に横たわっていたのは、中瀬幸伸だった。その外観から、彼が死んでいることを彼女は察知した。それでも彼女は駆け寄り、彼の身体を揺すってみた。その瞼《まぶた》が開くことを願った。だが反応は全くなかった。

奈央子はすべてを理解した。中瀬は逆に、隆昌に殺されたのだ。隆昌は睡眠薬を飲んではいなかった。おそらく彼は奈央子たちの計画に勘づいていて、眠ったふりをし、中瀬を待ち伏せしていたのだ。

最初から隆昌に殺意があったのかどうかはわからなかった。中瀬の死体を見つけた時には、意図的に殺されたのだと思ったが、時間が経つうちに、そうではなかったのかもしれないと考えるようになった。隆昌としては、もう二度と自分の妻に近づかぬよう、中瀬を脅《おど》しておきたかっただけかもしれない。なぜなら中瀬の身体には、目立った外傷がなかったからだ。じっくりと観察してみて、首を手で絞めたと思われる痕《あと》が、うっすらと認められた。柔道の心得がある隆昌が、脅すつもりで首を絞め、力が入りすぎてしまったのかもしれなかった。

「悪いのは、おまえたちのほうだ」そういった隆昌の声が蘇《よみがえ》る。あれは、自分が過《あやま》って相手を殺してしまったことの言い訳ではなかったか。

だがもちろん、真相はわからなかった。

はっきりしているのは、隆昌が、奈央子と中瀬の計画を知っていたということだった。ある時隆昌の机の中を整理していると、一本のテープが出てきた。聞いてみるとそこには、奈央子たちの電話のやりとりが録音されていたのだ。どうやら隆昌は、電話に盗聴器を仕掛けていたようだった。おそらく二人の関係に気づいていて、それを確認するためにやったのだろう。ところがそこに自分を殺す計画が録音されていたのだから、奈央子たちに対して激しい憎悪を感じたに違いなかった。

土曜と日曜に隆昌が福井へ行くというのも、彼の嘘だった。二人が計画を断念するよう、そんなふうにいったらしい。ところが中瀬が、奈央子の出発直前に実行するという手を思いついたため、逆に待ち伏せすることにしたのだろう。

「中瀬さんの奥さんに電話をかけたのも、御主人ということになりますね」奈央子の話を聞き終えた後、加賀がいった。「それで何とか二人が別れてくれれば、と思ったのでしょう」

「あたしと中瀬さんのことを知っているなら、なぜ直接あたしにいわなかったのかしら」奈央子はいった。加賀に尋ねたわけではなく、独り言のつもりだった。

「男には、いろいろなタイプがいるんです。ふだんは横暴で、無神経そうなのに、いざとなると何もいえないというのはよくあることです。相手が自分の愛している人間であれば、なおのことね」

「主人は、あたしのことを愛していたと？」

「ええ」加賀は頷いた。「そう思いますよ。だからこそ中瀬さんを殺した後も、とりあえずあなたを駅まで送ったのです。あなたが実家にいらっしゃる間に、一人で死体を始末しようと思ったんじゃないですか。あなたを愛していなければ、きっとあなたに手伝わせたはずです」

奈央子は首を傾げた。そうかもしれないし、そうでないかもしれない。今となってはわからないことだ。そして、彼女にとってはどちらでもいいことだった。

「一つお伺いしたいんですが」加賀はいった。「あなたはこのように中瀬さんの遺体を保存して、一体どうするつもりだったのですか。いずれは埋めるなり、燃やすなりするつもりだったんですか」

「まさか」奈央子は薄く笑った。「そんなこと、あたしにできるはずないじゃないですか」

「じゃあ……」

「自分でも、わからなかったんです」と奈央子はいった。「この人を見つけた時、まず考えたことは、人に見られちゃいけないってことだけでした。それで夢中でベッドの下に隠したんです。

次に心配したのは腐ってしまうということ。主人のことで葬儀屋さんと話をしている時、葬式を遅らせる時には死体を保冷材で凍らせると聞いたので、自分もその手を使ってみようと思ったんです。内側に発泡スチロールを貼って、アイスノンを二十個も入れてあるんですよ。別に二十個、冷凍庫に入れて冷やしてあります。毎晩取り替えるのは結構大変でした。だけど、いつまでもこんなことを続けられるわけがないこともわかっていました。といって、やめるわけにもいかなかったんです」

それから彼女は、ふうーっと大きく息を吐いた。「加賀さんに見つかって、正直なところ、ちょっとほっとしています」

「電話をお借りできますか」

奈央子は部屋の隅を指差した。鏡台の上に、コードレス電話機の子機が置いてある。

加賀が近づき、その子機を手に取った。番号ボタンを押す音がする。

「もしもし、係長ですか。加賀です。思った通り、例の家から変死体が見つかりました。至急、人を寄越してください。住所をいいます。練馬区――」

加賀が電話をしている声を聞きながら、奈央子は『棺』の中に手を伸ばした。

中瀬幸伸は、彼女が見つけた時のまま、穏やかな顔で瞼を閉じていた。彼の身体の周囲には、ロックアイスやアイスノンと一緒にマーガレットの花が飾られていた。

いつか、彼が奈央子にくれた花だ。

「マーガレットの花言葉は、『心に秘めた愛』だそうだよ」少年のように頬を少し赤くして、彼はそんなことをいった。

奈央子は彼の頬に触れてみた。それは冷たく、石のように硬かった。

「お別れね」

凍った頬に彼女の涙が落ちた。

友の助言

1

飼い猫のビッキーに餌《えさ》をやり終えた時、電話が鳴った。妻の峰子《みねこ》からだった。

「ビッキーに御飯あげてくれた？」彼女は真っ先にそれを訊《き》いた。

「今、あげたところだよ」そう答えながら萩原保《はぎわらたもつ》は腕時計を見た。午後七時を少し過ぎていた。

「君は予定通りか？」

「そうね。家に帰るのは、明日の昼過ぎになりそう」

「そうか。まあ、久しぶりにみんなと会うんだから、のんびりしてくるといい」

「あなたは今夜、どなたかと会食だったわね」

「会食というほど大層なものじゃない。こっちも相手は昔の仲間だ」

「そう。でも、あまり遅くならないようにね。このところ、ずっと仕事が忙しかったでしょ。少しは身体《からだ》を休めないと」

萩原は吐息を一つついてからコードレスホンを持ち直した。

「俺《おれ》のことなんか心配しなくていい。そろそろ出かけなきゃならない時間だから、もう切るぞ」

「ああ、はい。とにかく無理しないでね。ビタミン剤を飲んでいったほうがいいわよ。いつものドリンク剤も」

「わかった、わかった」

電話を切った後、萩原はダイニングチェアの背もたれにかけてあった上着を羽織った。それから妻の言葉を思い出し、リビングボードの引き出しを開けた。白い錠剤《じょうざい》の入ったガラス瓶《びん》を取り出す。ビタミン剤の瓶だ。

二錠を掌《てのひら》に載せ、キッチンに入った。水をくむコップを探したが、いつもの場所に入っていなかった。仕方なく彼は別の棚からバカラのブランデーグラスを取り出した。そこに浄水器の水をくんだ後、ビタミン剤を口に入れ、水と共に一気に飲みこんだ。一瞬、喉《のど》につかえる感覚がある。この感覚が萩原は苦手だった。

彼は冷蔵庫を開け、ドアの内側の棚から小さな瓶を取り出した。ドリンク剤の瓶だった。値札のついた蓋《ふた》をねじり開け、ごくりと飲み干した。嫌味な甘さが口中に広がる。これもまた彼は好きではなかった。もう一度グラスで水を飲み、口直しをした。

玄関で靴を履《は》く時、靴箱の上に貼ってある絵が替わっていることに気がついた。昨日までは高速道路を走る車の絵だったが、今は魚の絵だ。色鉛筆で描いてある。どういう種類の魚を描いたつもりかはわからない。青い魚だ。それが右に向かって泳いでいる。同じ方向にヨットも進んでいる。両者が競走しているということだろうか。

一人息子の大地《だいち》は絵を描くのが好きだ。同じ幼稚園に通う子供たちの中でも、ずばぬけて上手《うま》いほうだという。将来は画家に、などと姑《しゅうとめ》たちは真顔でいうが、萩原は全く期待していなかった。自分の子供の頃だって、この程度の絵は描けた、と思っている。それにもかかわらず今は絵と無関係の仕事をしている。才能というのは、そう簡単には転がっていないものだ。

その大地は峰子と一緒に横須賀《よこすか》の実家に帰っている。今日の昼間、高校時代の同窓会があったからだ。

萩原は家を出て戸締まりし、カーポートにとめてあるベンツに乗り込んだ。カーポートは二台とめられるスペースがある。もう一台のフィアットは、峰子が乗っていった。

エンジンをかけ、横浜の自宅を出たのが、午後七時二十分だった。友人と約束したのは八時だ。渋谷で、ということになっている。少し遅れるかもしれない。道が混んでなきゃいいがと萩原は思った。

東名高速道路に入る少し前で携帯電話が鳴りだした。社員からだった。今日は金曜日だが祭日だ。世間では三連休の初日ということになっている。しかし萩原の会社に勤めている人間で、祭日はおろか土日でさえ、確実に休めるなどと考えている者はいない。

「サンライズビルの件ですが、内装業者との打ち合わせが完了しました。納期は、こちらの希望通りにやってくれるようです」

「見積もりは？」

「当初予定していた額より七パーセント超で手を打ちました」

「オーケー。それでいい。臨時駐車場のほうはどうだ」

「まだ二百台分足りません。長坂《ながさか》君が動いてくれてますが、近いところは難しそうです。徒歩五分まで広げれば、候補地はありますが」

「徒歩四分以内で探してみてくれ」

電話を切った時、ちょうど高速の入り口に到達した。

時計を見て、時間を計算する。やはり少し遅れそうだ。店に電話をしておくか、と思った。再び携帯電話を手にする。

その時だった。急激に眠気が襲ってきた。全身の神経が鈍くなっていくのがわかる。

いかんな、どうした——。

ハンドルを握ったまま、前方と手許《てもと》の携帯電話の液晶画面を交互に見る。今日、約束していたのは、どこの店だったか。新宿？　いや、そうじゃない。渋谷だ。

頭痛と共に、意識が遠のく感覚があった。危ない。このままだと事故を起こすぞ。どこかに止めて、少し休んだほうがいい。どこで休めたか。この先にサービスエリアがあったはずだ。海老《えび》名《な》か。いや、海老名は横浜よりも後ろだったか。

奇妙な映像が現れた。道の真ん中で大地が手を振っている。いや、あれは大地じゃないだろう。俺は何をしている？

空を飛ぶ夢を見た。ああ、これは夢なんだなと自覚している。どこかで鳥が鳴いていた。おかしな鳴き声だ。ひどくうるさい――。

2

「だから何度もいってるだろう。コンパニオンの数なんか減らしたってかまわん。技術屋を連れてこい。ただし、しゃべりの出来る技術屋だ。なるべく若いほうがいい。考えてみろ、客は何を見に来ると思ってるんだ。ミニスカートのおねえちゃんを見に来るわけじゃないんだぞ。オタクが来るんだよ。パソコンやゲームおたくが。連中は難しい話が好きなんだ。難しい話のできる奴を集めろ。わかったな」

病室備え付けの電話を切った後、萩原はサイドテーブルに置かれたパソコンを左手だけで操作した。電子メールをチェックしていく。身体の自由がきかないので、動作が鈍くなるのがもどかしい。

「何もこんな時まで仕事をしなくても」洗面所から出てきた峰子が、あきれたような顔でいった。化粧を直してきたのだということを、萩原は見抜いた。

「そうもいってられない。ここ一週間、何もできなかった。その遅れを取り戻すには、本当は二、三日徹夜で走り回らなきゃいけないぐらいなんだ。とにかく何とか、遅れを最小限に留《とど》めるようにしないと」

「だけど、それじゃあ治らないわよ」

「じっとしていれば折れた骨がすぐにくっつくというなら、喜んでじっとしてるさ」萩原はパソコンの画面を見ながらいった。

峰子は何もいわない。諦《あきら》めたのではなく、これだけいえば妻としての役目は果たしたと考えているからだろうと萩原は思った。

ノックの音が二度した。「誰かしら」といって峰子がドアのほうへ行った。

ドアを開けると同時に、「あら」と彼女はいった。来訪者の姿が、萩原の位置からは見えない。

「加賀さんよ」峰子がいった。その後から長身の加賀が現れた。

「よう」友人の顔を見上げて萩原はいった。「またおまえだったか」

「なんだ。俺が来ちゃ迷惑か」

「意外に友情を大切にする男だったんだなと驚いているだけだ。それとも練馬警察署というところは、そんなに暇《ひま》なのか」

「世の中のためには暇だといいんだが、生憎《あいにく》そういうことはない。このあたりまで聞き込みに来る用事があったから、ついでに寄っただけだ」

「なんだ、ついでか。ということは、その手に持っているものは手みやげではないということだな」萩原は加賀の手許を見ていった。友人はコンビニの小さな袋を提《さ》げていた。

「うん、これは違う。俺の弁当だ」

「いいねえ。刑事が弁当提げて聞き込みか。刑事はそうでなくちゃいけない」萩原は笑った。笑うと胸と脇腹が痛んだ。肋骨《ろっこつ》が折れているせいだ。

「加賀さん、何かお飲みになりますか」峰子が訊いた。

「いや、自分は結構です」加賀は手を振った。「それより奥さん、外に出なければならない用があるなら、今のうちに済ませてこられたらいかがですか。自分はもう少しここにおりますから」

彼の言葉を聞き、峰子はぱちぱちと瞬《まばた》きした。

「あ、そうですか。でも……」迷いの浮かんだ顔を夫に向けた。

「いいじゃないか。せっかく加賀がこういってくれてるんだ。買い物とかしなきゃならんのだろう?」

「ええ、そうなんですけど」

「行ってくるといい。それまではこいつを引き留めておくよ。なあに、どうせこいつは警察でもあてにされてないんだ。署に戻るのが少しぐらい遅れたって、迷惑にはならんさ」

「あんなことといって。じゃあ、あの、お言葉に甘えていいですか」峰子は上目遣いに加賀を見た。

「ええ、どうぞどうぞ」

「すみません、なるべく早く戻ってきますから」そういうと彼女は自分の上着とエルメスのバッグを取り上げた。「あなた、パソコンを使うのはほどほどにしてくださいね。身体によくないと先生からもいわれてるでしょ」

「ああ、わかっている。もう終わるよ」

ではよろしくお願いします、と加賀にいい残して峰子は病室を出ていった。

二人きりになった後も、加賀は椅子《いす》には座らず、まず窓に近づいた。

「十五階となると、さすがに景色がいい。しかもこんなに綺麗な個室とくれば、たまに寝たきりになるのも悪くないいんじゃないか」

「いくら景色がよくたって、動けないいんじゃ見ることもできない。じつは今朝から尻の穴が痒《かゆ》くて仕方ないいんだが、ギプスのせいで掻《か》くこともできないいんだ。この辛《つら》さはおまえにはわからんだろうなあ」

萩原の言葉に加賀はにやにや笑いながら戻ってきた。ベッドの横の椅子に腰掛ける。

「で、どうなんだ。具合は？」この台詞《せりふ》をいう時には、さすがに笑いは消えていた。

「しばらくは動けそうにないな。まあ、歩けるようにはなるらしいが」

「さっき先生から話を聞いてきた。頭に異常はないようだな」

「その点は助かった。こいつがやられると、飯を食えなくなるからな」萩原は左手で自分の頭部を指した。

東名高速道路で側壁に激突する事故を起こしたのは一週間前のことだった。たまたま後続車がなく、二次被害を誘発しなかったのは幸運といってよかった。足、腰、胸、肩などを合わせて十数箇所骨折したが、後続車がいたら、それだけでは済まなかったかもしれない。リハビリをすれば、いずれ元のように動けると、医師から太鼓判《たいこばん》を押されてもいる。

「この機会に少し休んだらどうだ。馬車馬みたいに走り続けてる人間に、真の成功者はいないというぜ」

「どいつもこいつも同じことをいうんだな」萩原は苦笑して見せた。「まあしかし、それも一理あるのかもしれない。今度の事故でそういう気になった。体力には自信があるつもりだったんだが、やっぱり歳かな。居眠り運転をしてしまうとは、全く情けない」

彼の言葉に対して、加賀は何もいわなかった。黙って一度目を伏せただけだ。それから立ち上がり、入り口のほうへ行った。ドアを開閉する音がする。そして戻ってきた。

「それで……」加賀は椅子に座り直した。「あの日の話というのは何だったんだ」

「ああ」萩原は一旦《いったん》口を閉じ、少し考えてからいった。「いや、もういいんだ。大したことじゃない」

「なんだ。気になる言い方をするなよ」

「本当に、どうってことのない話だったんだ。おまえに聞かせても仕方のないことだ。わざわざ呼び出して悪かった」

「そのどうってことのない話をするために、無理して高速をぶっ飛ばしてたのか。眠いのも我慢して」

「ちょっとどうかしてたんだ。たぶんそれも疲れのせいだろう。頭がうまく働かなくて、些細《ささい》なことを大げさに考えていたふしがある。こうしてゆっくりしていると、敢《あ》えておまえに相談するようなことでもなかったと思えてきた。まあそういうわけだから、その件は忘れてくれ。気になるだろうが」

「大いに気になる」

「すまん、としかいえんな」ベッドに横たわったまま、萩原は頭を下げるしぐさをした。

加賀はテーブルの上のパソコンに目を移した。もちろん彼がそこに表示されているグラフや数字の意味を考えているはずはなかった。萩原はこの頭の切れる友人がどのような思いを巡《めぐ》らせているのかを想像し、不安になった。

萩原は現在、様々な事業のプロデュースを請け負う仕事をしていた。社員数十人の会社の経営者である。しかし以前は某広告代理店に勤めていた。大学で同じ社会学部にいた加賀と再会したのは、その頃だった。学生時代はさほど親しくもなかったのだが、この時は不思議にウマが合った。下働きのようなことばかりさせられていた時だったから、警官になったばかりで何かと苦労していた彼と気持ちが同調したのかもしれない。それ以後、年に何度かは会うようになった。加賀に対しては、剣道ばかりしている体育会系の単純な男というイメージを持っていたのだが、一、二度会っただけでそれは全く違うものに変わっていた。

あの事故の夜、会うことになっていたのは、この男だった。聞いてほしい話があったからだ。しかし現在萩原にその気はなかった。

事故直後、加賀は萩原の携帯電話に電話してみたらしい。いつまで経《た》っても彼が約束の場所に現れないからだった。すると電話に出たのは萩原ではなく、神奈川県警交通課の警官だった。それで加賀は事情を知ったのだ。携帯電話が壊れなかったのは奇跡的といっていい。おそらく萩原の身体がクッションになったのだろう。

加賀はすぐに萩原が運び込まれた川崎市内の病院に駆け付けた。萩原は意識不明の状態だった。

警察や病院の人間は、彼の家族に連絡がとれず困っているところだった。自宅近くの交番に連絡し、様子を見に行ってもらったが、家の中には誰もいない様子だという。電話をしてみても、留守録のテープが作動するだけだった。

加賀は即座に萩原の自宅に向かった。何とかして彼の妻に連絡する方法を探そうと思ったからだ。いざとなれば家に上がり込むつもりで、萩原の所持品の中から、家の鍵《かぎ》を預かっていた。

だが彼が出発して間もなく、病院に萩原の妻の峰子から電話がかかってきた。外出先から自宅の留守電を聞いたらしい。事情を知って驚いた彼女は、すぐにそっちに向かうといった。

峰子が病院に現れたのは、それから約二時間後だった。加賀と一緒だった。彼等はたまたま萩原の自宅の前で出会ったのだ。加賀が到着して程なく、彼女の運転する車が家の前に止まったということだった。

以上の経緯を、もちろん萩原は直接には知らない。妻や加賀らの話を聞いて把握《はあく》したのだ。もっとも、彼等の話をゆっくり聞けるほど回復したのは、ほんの三日前だった。

「どうにも解《げ》せないな」加賀がぽつりといった。

「何が？」と萩原は訊いた。

加賀が彼のほうを向いた。大きく呼吸を一つする。

「おまえが居眠りをしたということが、だ」

「だから疲れていたといってるじゃないか。俺だって生身の人間だからな」

「いいや」加賀はゆっくりとかぶりを振った。「どんなに疲れていても、おまえは運転中に居眠りをする男じゃない」

3

少しの沈黙の後で萩原は笑い声をたてた。

「そんなふうに評価してくれるのはありがたいが、事実、こんなふうにやっちまったんだから仕方がない。俺という人間は、おまえが思っているよりもいい加減な性格らしいぞ」

しかし加賀のほうは、萩原につられて笑うことはなかった。かわりに上着のポケットに手を入れ、小さな手帳を出してきた。眉間《みけん》に少し皺《しわ》を寄せ、それを開く。

「あの日の昼間、おまえはヘアデザイン・コンクールに関する会議に出席しているな。場所は品川だった。その後、浜松町《はままつちょう》で広告代理店の部長と会っている。このスケジュールに間違いはないか？」

萩原は友人の顔をしげしげと眺めた。

「一体どういうことだ。俺の行動なんかチェックして、何の役に立つ？」

「質問に答えてくれ。間違いはないか」

萩原はため息をつき、「ああ」と答えた。加賀は一つ頷《うなず》き、手帳に何か書き込んだ。

「ちょっと訊くが、それは誰から聞いた？　うちの会社の人間か」

「そうだ」

「部外者に余計なことはしゃべるなといってあるのにな」萩原は舌打ちをした。「うちがどういう仕事に手を出しているか、簡単に外部に漏れてしまう。どうせ警察手帳にびびったんだろうが、咄嗟《とっさ》に適当な嘘《うそ》も思いつかんとは、気の利《き》かない奴等だ」

「嘘をつかれたら、もう一度訊き直すだけだ。裏付けは必ずとるからな」

加賀の台詞《せりふ》を聞いて、萩原は首を左右に振った。

「何が目的でそこまでするんだ」

すると加賀は手帳から顔を上げ、萩原を見つめた。

「それは後で答える」

「今、答えろ」

「すべての質問の後だ」加賀は再び手帳に目を戻した。そのままの姿勢で訊く。「峰子さんや大地君の話では、当日の朝、おまえは朝食を済ませた後すぐに家を出ている。おまえが出る時、二人はまだ家にいた。そうだな？」

「そうだ。――大地と会ったのか」

「昨日、会った」そういった後、加賀の表情がふっと緩《ゆる》んだ。「大きくなったな」

「来年小学校だ。これからまたいろいろと大変になる」

大地が生まれて数ヵ月した頃、加賀が訪ねてきたことがある。出産祝いに地球儀を持ってきた。その地球儀は、大地の部屋に飾ってある。

「絵を見たよ」加賀がいった。

「絵？」

「魚の絵だ。玄関に飾ってあった」

「ああ」萩原は薄く笑い、眉の上を左手の指先で掻いた。「どう思う？　うちのやつだとか幼稚園の教師は、才能があるとか何とかいってるんだが」

「さあどうかな。俺はその方面はさっぱりでね。ただ」加賀は少し首を傾けた。「大地君は素直ないい子なんだと思うよ。見たままを素直に描いている。そういう感じがする」

「俺にお世辞《せじ》をいう必要はないんだぜ」

「思ったことをいっているだけだ。大地君を水族館に連れていったことは？」

「いや、まだない。そのうちに、とは思っているんだけどな」

このところ息子をどこにも遊びに連れていってないことに萩原は気づいた。この三連休も萩原家にとっては無意味なものだった。大地が以前、八景島《はっけいじま》シーパラダイスに行きたいと漏《も》らしていたことを思い出した。

「身体がよくなったら、大地を水族館にでも連れていくかな」ぽつりと呟《つぶや》いた。

「それがいい」加賀はそういって白い歯を少し見せた。

「で、質問は以上で終わりか」

「いや、これからだ」加賀の顔つきが再び鋭くなった。「家を出た後、例のヘアデザイン・コンクールに関する会議に出席。昼食はそこで食べた。それから某広告代理店の部長と喫茶店で打ち合わせ。ここでおまえはコーヒーを飲んでいる」

「そんなことまで調べたのか」感嘆の声を萩原はあげた。

加賀はそれには答えずに続ける。

「広告代理店の部長と別れた後は、どこにも寄り道せずに、いったん帰宅か？」

「そうだ」

「何時頃？」

「よく覚えてないが、六時半は過ぎていただろうな」

ここで加賀は顔を上げた。軽く胸を張るように背中を伸ばす。

「おかしいじゃないか。広告代理店の部長とは浜松町で会っていたんだろう？　俺との約束は渋谷に八時だ。なぜわざわざ横浜まで帰る必要がある？」

「猫だよ」

「猫？」一瞬怪訝《けげん》そうにしてから、加賀は何かを思い出した顔で頷いた。「アメリカンショートヘアーだな」

「見たのか」

「事故の夜、おまえの家に行っただろう。あの時に見た。で、あの猫がどうした？」

「昼間に峰子から電話があって、家を出る時に餌を皿に盛りつけるのを忘れたというんだ。だから何とか時間を作って、御飯をあげてほしいとな」

「それでわざわざ戻ったのか」加賀は少なからず驚いたようだ。

「仕方がない。ペットを飼う以上は、大切にしてやらないとな。これは大地への教育の意味もある」

「なるほど」これにには納得したらしく加賀は二度三度と頷いた。「奥さんのほうは時々そういうことがあるのか。つまり大切なペットに餌をやらずに出かけるということが」

この問いに対し、萩原は即答せず、加賀の目を見た。どういうつもりの質問なのかを見極めたかった。加賀は相変わらず翳《かげ》りの濃い目をしていた。萩原は友人の狙《ねら》いがどこにあるのかを完全に察知した。ギプスで固定された上体の表面に汗が滲《にじ》むのがわかった。

「あいつも忙しいからな。そんなふうにうっかりすることがないわけじゃない」萩原は慎重に答えた。

「家を出たのは？」

「七時過ぎだ。正確にはわからん」

「事故発生時刻と位置関係から推測すると、七時十五分前後のようだ。少なくとも七時十分にはなっていた。会社の人間が、君の携帯電話にかけたといっている」

「ああ、そうだったかもしれない」

何でも調べてあるんだなと半《なか》ば呆《あき》れた思いを萩原は抱いた。

「家を出るまでの行動を、できるだけ詳しく話してくれないか」

「おまえ、さっきから何を聞いてるんだ。俺がわざわざ家に帰った理由は話したじゃないか。猫に餌をやってたんだよ。銘柄も知りたいか。『マイニャン』とかいう缶詰だ」

「猫が『マイニャン』を食べたことはわかった。おまえはどうなんだ」

「俺？」

「何か食べなかったのか」

この質問に、萩原は左手を小さく振って応じた。

「おい、忘れたのか。あの日はおまえと食事する約束になってたんだぞ。なんで出かける前に何か食うはずがあるんだ」

「じゃあ何か飲まなかったか」

「飲まなかったよ」萩原は吐き捨てた。

すると加賀はいったん手帳を閉じ、何かに失望したように頭を垂れた。しばらくそうした後、椅子をずらし、ベッドに近づいてきた。次に上げた表情には、何かを訴えるような切なさがあり、萩原はどきりとした。

「なあ、萩原。本当のことをいってくれ。おまえは何かを飲んだはずなんだ。もし忘れているなら、思い出すよう努力してくれ」

急激に口の中が乾いていくのを萩原は感じた。何かをしゃべろうとすると声がかすれそうな予感があった。しかしここで狼狽《ろうばい》を見せてはいけないと彼は自分に命じた。

「変なことをいうじゃないか。俺が一体、何を飲んだというんだ？」

加賀が唾《つば》を飲み込むのが、その喉の動きでわかった。いつにも増して窪《くぼ》んで見える眼窩《がんか》の奥からじっと視線を向けてくる。

「睡眠薬だよ」と友人はいった。「おまえは睡眠薬を飲んだんだ」

4

電話が鳴った。この病室に備えてある電話だった。ベッドから手を伸ばせば届く位置に置いてある。萩原は無言で受話器を取り上げた。

かけてきたのは会社の部下だった。パソコンフェアに関することだった。

「それについては君に任せる。内田《うちだ》君と相談してやってくれ。じゃあよろしく頼む」

電話を切ってから、今日の社長は様子がおかしいと噂《うわさ》しているかもしれないなと思った。萩原に電話をかけて何の指示もされなかったということは、たぶん過去に経験したことがないだろう。

「のんびり入院もしてられないな」加賀が苦笑混じりにいった。

「全くだ。まあ、じっとしているのは性《しょう》に合わないけどな。それより」萩原は友人の彫《ほ》りの深い顔を見返した。「妙なことをいったな。睡眠薬、とか」

「ああ、そういった」

「おかしなことをいうんだな。どうして俺が出かける前に睡眠薬を飲まなきゃいけないんだ。まるで自殺行為じゃないか」

「おまえは自殺するような奴じゃないよな」

「あたりまえだ」

「だったら」加賀は顔から表情を消して続けた。「誰かに飲まされたということになる」

「誰にだ？」萩原は訊いた。

加賀は答えなかった。目をそらし、窓のほうを見た。

「答えろよ、誰が俺に睡眠薬を飲ませたというんだ」

「飲ませることのできた人間、だ」横顔を見せたままで加賀はいった。

「そんな者はいない」萩原は断言した。「俺の話を聞いてなかったようだから、もう一度繰り返す。俺は家を出る前には何も飲まなかったし、食べなかった。それでどうやって俺に睡眠薬を飲ませることができるんだ。俺が最後に口にしたものは、広告代理店の部長と会った時に飲んだコーヒーだけだ。それともあのコーヒーの中に睡眠薬が仕込まれていたわけか。だったら、あの部長が犯人ということになるな」

「おまえが睡眠薬を飲んだのは家に帰ってからだ。コーヒーは関係ない」

「おい、加賀。おまえ、耳がおかしいのか？　俺は何も口にしてないといってるだろう」

「いいや」加賀は顔を戻して萩原を見た。「おまえは何かを飲んだんだよ。そこに睡眠薬が仕込まれていた」

「いい加減にしろ」萩原は声を荒らげた。「おまえが腕の立つ刑事だということは知っている。だけど、そんなふうにすべてを歪《ゆが》んだ目で見るようなことはやめろ。おまえ、自分で何をいってるのかわかってるのか。誰かが俺を殺そうとした――そういってるんだぞ」

だが彼の剣幕にも加賀は表情を変えなかった。腕組みをし、吐息をついた。

「事故の夜、俺はおまえの家に行った。奥さんに連絡をとる方法を探すためだった。だけど奥さんはすでに事故のことを知っていて、家に帰ってきた。彼女がいろいろと支度をしたいというので、俺はリビングルームで待った」

「そのことは聞いたよ。その時にビッキーを見たんだろ」

「ビッキー?」

「猫だ」

「ああ」加賀は頷いた。「そうだ。だけど猫以外に別のものも見た」

「何だ」

「ブランデーグラスだ。キッチンのシンクの中に置いてあった」

包帯を巻かれた萩原の右手に、バカラのずっしりとした重みが蘇《よみがえ》った。

「それがどうした。俺だってブランデーグラスぐらいは持ってるぜ」

「あのグラスを使って、いつ何を飲んだ?」

「そんなこと……」萩原は乾いた唇を舐《な》めた。「そんなこと、覚えちゃいない。ブランデーグラスなんだから、たぶんブランデーを飲んだんだろう。昼間に飲むことはありえないから、その前日の夜じゃないか」

だがこの言葉の途中で加賀はかぶりを振り始めていた。

「飲んだのはブランデーじゃなく、おそらくただの水だ。あのキッチンには浄水器が付いていたから、その水をくむのに使ったんだろう。そして飲んだのは前日の夜なんかじゃない。あの日の朝でもない。夕方、俺と会う前に家に帰った時、あのグラスを使ったんだ」

「やけに自信たっぷりだな」

「おまえがあのグラスを使ったのは、手近なところにコップが見当たらなかったからだ。飲んだのはふつうの水。そうだろう？」

「そうだったかもしれんが、それがどうしてあの日の夕方だと特定できる？」

「俺が見た時、シンクにはブランデーグラスしかなかった。ほかの食器はなかった。なぜだと思う？」

「知らんよ、そんなこと」

「ほかの食器は、食器洗い器の中に入っていたんだ。あの日の朝、峰子さんは、シンクに溜まっていた食器をすべて食器洗い器に入れ、スイッチを押してから家を出たんだ。おまえが水を飲もうとしてコップを探したのに見当たらなかったのも、そのせいだ。ここまでいえばわかるだろう。もしもブランデーグラスを使ったのが前日の夜や、あの日の朝なら、グラスもまた食器洗い器の中に入っていなければならない」ただみかけるように加賀はいった。

心臓が大きく跳ねるのを萩原は感じた。あの日の模様が網膜に浮かんだ。そういえばそうだった。シンクには何もなかった。

「どうだ？」反応を窺《うかが》うように加賀は訊いた。

萩原はふうーっと息を吐いた。話に聞くとおり、この男は刑事として優秀なのだろうと思った。

「たしかに水ぐらいは飲んだかもしれん」と彼はいった。「だけどそれだけだ。ほかには何も飲んじゃいない。それとも何か？　あの浄水器に睡眠薬が仕掛けてあったとでもいうのか」

「浄水器も疑ったが、やっぱりその可能性は低いという結論に達したよ」加賀は真顔でいった。

「水と一緒に飲んだものがあっただろ？」

「しつこいな。水だけだ」

「リビングボードの上にビタミン剤の瓶が載っていた」加賀は静かに続けた。「しかも蓋が少し緩んでいた。片手に錠剤を載せ、空《あ》いたほうの手で蓋を締めたんだろ？」

萩原は左手で額を掻いた。狼狽《ろうばい》が顔に現れるのを隠すためだった。

「ちょっと訊くが、おまえはいつもそうなのか」

「そうって？」

「人の家に上がり込んだ時、じろじろと観察するのか。流し台にどんな食器が残っているかとか、薬瓶の蓋が緩んでいないかとか」

加賀の口元がかすかに緩んだ。だがそれもそう長い時間ではなかった。

「いつもというわけじゃない。必要があると思った時に、そうするだけだ」

「おかしな言い方をするじゃないか。なぜ俺の家の様子を観察する必要があった？」

「不自然な事故が起きて、不自然な状況があれば、その裏に何かあったのではないかと疑うことは、刑事として必要なことだ」

「不自然な事故？　不自然な状況？　何のことをいってるのか、さっぱりわからんな」

「最初にいっただろう？　おまえはどんなに疲れていても、居眠り運転をするような奴じゃない。そのおまえが事故を起こした。このことは俺にとって不自然だった」

「それだけか？」

「もちろんこれだけならば、俺も疑いを持つことはなかった。萩原保という男も鉄人ではないのだなと思っただけだ。俺の疑念を決定的に誘発したのは、やっぱりその後のことだろうな」

「後のことって？」

「なあ、萩原」加賀の声が低くなった。何かに逡巡《しゅんじゅん》している気配があった。「身内や家族が事故に遭《あ》って病院に運ばれたと聞いたら、おまえならどうする？　すぐにでも駆け付けるのがふつうじゃないか」

「それは……」

「横須賀からこの病院へ来るには、横浜横須賀道路から第三京浜《けいひん》に乗り換えて来るのが一番早い。誰でもそうする。ずっと高速を走ってこれるからな。ところが彼女は」といって加賀は一旦言葉を切り、そして続けた。「わざわざ高速道路を下りて横浜の自宅に寄っている。これを不自然に感じるのは、ふつうじゃないか」

5

寝返りをうちたかった。しかしほぼ全身をギプスで固定された状態では、それはかなわなかった。俺は無力だな、と萩原は思った。今の俺なら、誰でもたやすく殺せるだろう。

「話の流れから、おまえが峰子を疑っているらしいということはわかったよ。俺は家族のことをとやかくいわれるのが一番嫌なんだが、おまえは職業的な習性で発言しているのだと解釈して、今回は大目に見てやることにする。だけど忠告しておこう。おまえは論理性を重視しすぎる。人間というのは、それほど論理的じゃないんだ。峰子が連絡を受けて、すぐにここへ来ず、横浜の自宅に帰ってしまったことには特に深い意味はない。ついそうしてしまったというだけのことだ。あいつに訊いたって、そう答えるしかないだろう。おまえは考えすぎてるんだ」

加賀は持っていた手帳を上着のポケットにしまい、前髪をかきあげた。

「あの夜、俺は先に家を出て、峰子さんを待っていた。俺も車だったから、彼女の車を先導してやろうと思ったんだ。間もなく彼女は出てきた。手に何か持っていた。おまえのパジャマとか着替えを入れた鞄《かばん》かなと思ったが、そうじゃなかった。何だと思う？」

「わからん。何だ」

「ゴミ袋だよ」と加賀はいった。「白いゴミ袋を持っていた。それを向かい側の収集場に捨てた」

「それがどうした。外出するついでにゴミを捨てて何が悪い」

「旦那が病院に担ぎこまれたって時に、ゴミ捨ての心配をするかな」

「だから人間というのは論理的じゃないといってるだろう。あの翌日は土曜日で、うちのほうじゃ週に一度の不燃物の収集日に当たっていた。あの日を逃すと次週まで待たなきゃならんわけだ。峰子が咄嗟にそういうことを考えてしまっても不思議じゃない。だいたい――」萩原はそこまで一気にしゃべってから、加賀の顔を睨《にら》んだ。「なぜあいつが俺を殺そうとするんだ。動機がないじゃないか」

「そうか?」

「何があるっていうんだ」

「じゃあもう一度訊く。あの日、俺に何を相談しようとしていたんだ。仕事の話じゃあないよな。刑事の俺に相談に乗れることなんてない。となると、家族のこととしか考えられない。それも奥さんのことだ。子育てのことを独身の俺に話したって仕方ないからな」

萩原はゆっくりと首を振った。ほとほとあきれたという思いをアピールしたつもりだった。

「峰子が帰ってくるまでには、この話に決着をつけておこうぜ。このままだとおまえは、あいつの顔を見た途端に手錠を取り出しかねんからな」

「峰子さんは当分帰ってこないだろう」加賀はいった。「そのことはおまえだって、薄々わかっているんじゃないのか」

「どういう意味だ」

加賀は再び上着のポケットに手を入れた。次に出してきたのは写真だった。

「彼女はここへ行っていると思う。この病院からだと車で二十分ほどだ」

萩原はその写真を受け取った。マンションと思われる建物が写っていた。建物の手前には公園がある。

「葛原留美子《くずはらるみこ》のマンションだ。彼女のことは知ってるな？」加賀は尋ねてきた。

「峰子が通っているアートフラワー教室の講師だろ。それがどうした。いや、それ以前に、どうしておまえがこんな写真を持っている？　いつ撮影したんだ」

「撮影したのは三日前だ」

「三日前って……」萩原は写真から加賀の顔に視線を移した。「峰子のことを見張ってたのか。で、尾行してこの場所を突き止めたってわけか」

「卑劣だといいたいなら、いくらでもいってくれて結構だ。元々俺はこういうことをするのが商売だからな。目的のためなら、どんなことでもする」

「卑劣とはいわんが、悲しい商売だな」萩原は写真をベッドの端に置いた。「悪いが、話の続きを聞きたくはなくなった。この写真を持って、帰ってくれないか」

「そういうわけにはいかん。友人が不幸になるのを、みすみす見逃したくはない」

「もう災難は来た後だ。この包帯を見てくれ」

加賀はそれには答えず、写真を手に取った。そして萩原のほうに向けた。

「おまえは気づいてるはずだ。葛原留美子と峰子さんの関係にな」

彼の言葉が萩原の胸を刺した。胃袋の上あたりがずっしりと重くなった。

「何のことだ」辛《かろ》うじてこういったが、声がわずかにかすれた。

「峰子さんを疑い始めた時、俺は彼女に男がいるんじゃないかと思った。それで行動を見張ることにした。ところが彼女が男と接触している気配は全くなかった。頻繁に出入りしているのは、独り暮らしをしている女性のところだった。俺は自分の勘が外れたのかと思った。だけどその相手の女性について聞き込みをしてみて、驚くことがわかった」加賀は辛そうに眉を寄せた。一度ゆっくりと瞬きしてから続けた。「葛原留美子は一年前まで、別の女性と暮らしていた。二人が単なるルームメイトに見えなかったことは、何人かの関係者が証言している。つまり、峰子さんがそのルームメイトの代わりになったと考えることは」

「もういい」萩原は加賀の言葉を遮《さえぎ》った。

6

「やはり知ってたんだな」加賀は訊いた。

「葛原留美子にそういう噂があることは俺も聞いている。だけど峰子が彼女の新しい相手だなんてことは決してないと確信している。あいつは単にアートフラワーのテクニックを身に付けたくて、葛原のところに通ってるだけだ」

「萩原、もうそれ以上嘘をつくな。峰子さんのことを信用しているんじゃなく、信用したいだけだろう？」

「何が嘘だ。俺は嘘なんかついてない。本当のことをしゃべっている」

加賀が突然立ち上がった。そして苦悶《くもん》するように頭をかきむしりながら狭い室内を歩き回った。やがて椅子の前に戻ったが、彼は座ろうとしなかった。

「じつをいうと俺はここへ来るまで半信半疑だった。峰子さんがおまえを殺そうとしたとは考えたくなかった。だけどそのことを確信させたのは、そういうおまえの態度なんだ。おまえは、家を出る前に何も口にしなかったと言い張った。なぜそんな嘘をついたのか。おまえ自身が、彼女に睡眠薬を飲まされたんじゃないかと疑っているからこそ、刑事である俺に本当のことをいえないんだ。違うか」

「冗談じゃない。もし俺がそんなふうに疑っているのだとしたら、迷いなくおまえに知らせるよ。殺されかけて黙っているほど、俺はお人好しじゃない」

「そうかな。おまえは本当のことを知りたくないんじゃないか。峰子さんが葛原留美子と特別な関係にあることも、彼女がおまえに殺意を抱いたことも、疑いつつ確認はしたくないんだ。確認するのが怖いんだ」

「加賀」萩原は唇《くちびる》を噛《か》んだ。そして息を整えてからいった。「もし俺の身体が自由なら、おまえのことを殴《なぐ》ってるぞ」

「健康になったら殴りにくればいい。いくらでも殴られてやる」加賀はベッドの脇に立って、じっと萩原を見下ろしてきた。その両手は固く握りしめられていた。

萩原は息を吐き、目をそらした。

「たしかにあの日、俺はビタミン剤を飲んだ。しかしなあ、俺がいくらボンクラでも、ビタミン剤の瓶に睡眠薬を混ぜてあれば気がつくぜ。それとも、見分けがつかないほどそっくりな睡眠薬ってのがあるのかい」

「その点は俺も不思議だった。だけどおまえの社員から話を聞いて、別の可能性があることに気がついた」

「別の可能性？」

「おまえ、ビタミン剤のほかにドリンク剤も愛用しているらしいな。いつも一緒に飲んでるそうじゃないか」そういうと加賀は後ろを向き、コンビニの白い袋を取り上げた。そして中から小さな瓶を出してきた。「これだろう？」

それはまさしく萩原が愛飲しているドリンク剤だった。あの日、事故を起こす直前にも飲んだものだ。

「それがどうした？　まさか、その瓶に睡眠薬を仕込んであったとかいうんじゃないだろうな」

「俺はそう推理している。それしか考えられない」

「ふざけるな。そんなものにどうやって睡眠薬を仕込むんだ。一度蓋を開けなきゃならんじゃないか。そんな細工に俺が気づかないとでも思うのか」

するど加賀は黙ったまま、手にしたドリンク剤の蓋を捻《ひね》った。金属の破れる音がした。彼はそのまま蓋を回し、瓶から外した。

「何をする気だ」

加賀は瓶を萩原の顔の真上あたりに持っていった。その位置で瓶を逆さにした。わっと萩原は声をあげ、よけようとした。しかし瓶からは何も流れ落ちてこなかった。

わけがわからず、萩原は目を見開いた。「どういうことだ?」

加賀は蓋を差し出した。「裏から見てみろ」

萩原はそれを受け取り、いわれたようにした。次の瞬間、あっと漏らしていた。

蓋には直径二ミリほどの穴が開いていた。しかし、それを蓋に貼った値札のシールが隠していたのだ。

「このドリンク剤は、おまえの家の近くにあるドラッグストアで買ったものだ。その店で買うと、全部そんなふうに蓋にシールが付いている。あの日おまえが飲んだものの蓋にも、そんなふうに貼ってあったはずだ」加賀の声が響いた。

萩原は思い出していた。たしかにそうだった。蓋にはいつも値札が付いていた。

「簡単なトリックなんだよ。そんなふうに穴を開け、いったん中の液を吸い出す。それに睡眠薬を混ぜて、もう一度瓶に戻す。後は値札シールで塞《ふさ》いでおくだけだ」加賀は淡々とした口調でいった。

萩原は無言で、しばらくその蓋を見つめていた。そこに開けられた小さな穴は、何かを象徴しているようだった。

彼は蓋を投げ捨てた。乾いた音を立てて、それは床に転がった。

「想像だ」と萩原はいった。「何もかもおまえの想像にすぎん。警察はそんなふうではだめなんじゃないのか。証拠があるのか。あいつがそういう仕掛けをしたという証拠があるなら出してみろよ」

加賀は腰を屈《かが》め、萩原が投げつけた蓋を拾った。そしてもう一方の手に持っていた空き瓶にかぶせると、テーブルの上に置いた。

「俺は、ひどく後悔している」呟《つぶや》くように彼はいった。「あの夜のうちにおまえの家に戻り、彼女がゴミ袋に入れて捨てたものを回収しておくべきだった。さっきおまえがいったように、翌日は不燃物の収集日だった。だからこそ彼女は、病院に行く前に何としてでも家に寄りたかったんだ。彼女の目的は、証拠を隠滅《いんめつ》することだった」

「ゴミ袋の中に、そういう仕掛けをしたドリンク剤の瓶が入っていたというのか」

「おそらくな」

「馬鹿馬鹿しい。考えすぎだ。仮にそういう方法が可能だったとしても、確実性が低すぎると思わないか。おまえが調べたとおり、俺はよくドリンク剤を服用する。だけど、出かける前にいつも飲むとはかぎらない。仮に飲んだとしても、どんなふうに効くかは不明だ。眠気《ねむけ》を自覚した俺が、車を路肩に停《と》めて仮眠をとることだって考えられる。殺人犯がそんな不確かな手段を選ぶと思うか？」

「だから……未必《みひつ》の故意《こい》だった、ということになる」

「何だって？」

「未必の故意だ。犯人はその犯行がうまくいくことを望んでいるが、仮にそうならなくても仕方がない――そういう種類の犯行だった。事実、こうしておまえは助かったが、犯人に当局の手は伸びていない」加賀は窓のそばに立ち、外を向いたままで話し続けた。「葛原留美子には三千万円近い借金があるそうだ」

「三千万……」

「峰子さんから離婚を仄《ほの》めかされたことは?」

「ない。あるわけがない」

「そうだろうな。今の状況で離婚をしても、おまえから慰謝料を取ることもできないし、大地君だって引き取れる見込みはない。いや、葛原に借金さえなければ、今の関係をずっと続けていったほうが得策だと考えるのがふつうだろう」

「葛原の借金を何とかしたいがために、俺を殺そうとしたというのか」遺産や保険金といった言葉が萩原の頭に浮かんだ。「たったそれだけのために」

「積極的な殺意はなかったかもしれない。死んでくれればラッキーだ、という程度の意識だったと俺は推測する」

「ラッキー……か」

7

様々な思いが萩原の胸中で交錯した。正直なところ、どうしていいかわからないでいた。事故を起こす前からそうだった。

もちろん峰子と葛原留美子の関係に気づいていないわけではなかった。ある人物が、葛原留美子の性的嗜好《しこう》について教えてくれたのだ。とはいえ萩原は、峰子までがそういった世界に入っているとは考えられなかった。加賀のいうように、信じたくなかったということだろう。

しかし峰子の行動を観察していると、疑いは深まるばかりだった。萩原は苦悩した。本人に尋ねても否定されればそれまでだ。といってほかに真相を確かめる手段は思いつかなかった。

それであの夜、加賀に会おうとしたのだ。様々な事件に関わっている彼ならば、何かいい助言をくれるかもしれないと期待した。

ところがあの事故だ。

睡眠薬を飲まされたのではないかという疑念は、じつはずっと萩原の脳裏にあった。だが敢《あ》えてそのことは考えないようにしていた。考えて、何らかの答えが出るのを恐れていたといえるだろう。とはいえ何の答えも出さずに済む問題でもなかったのだが。

加賀が手帳を開き、萩原のほうに差し出してきた。さらにもう一方の手でボールペンを出す。

「何だ」と萩原は訊いた。

「ここに魚の絵を描いてみてくれ」

「魚の絵？　どうして？」

「何でもいいから描いてくれ。好きな魚でいい。マグロでもサンマでもいい」

「おかしなことを……」

萩原は手帳とボールペンを受け取り、左手で不器用に魚を描いた。マグロにもサンマにも見えない、妙な魚になった。

手帳を受け取り、加賀は柔らかく笑った。「やっぱりな」

「何だ。一体何がいいたいんだ」

「先日テレビを見ていたら、面白いことをいっていた。人に魚の絵を描かせたら、まず間違いなく左側を頭にして描くそうだ。右利きとか左利きにも関係がないし、外国人にやらせても同じらしい。今おまえが描いた魚も、そのとおり頭を左にしている」

萩原は虚をつかれた思いで、自分が描いたばかりの絵を見た。

「そういえばそうだな。なぜだろう」

「魚類図鑑をはじめ、魚の絵の殆《ほとん》どがそんなふうに描かれているので、子供の頃からそうした絵を眺め続けているうちに、魚の絵は頭を左にして描くものという刷り込みが出来ているらしい。ではどうして魚類図鑑なんかもそう描かれているのかというと、最初に魚類の研究を体系的に行った学者が、常に魚の左側を写生したからだそうだ。それには理由があって、右側は写生前に解剖で開いてしまっていたからだ。右側を解剖するのは、心臓を守るためだということだった」

「ふうん。まあおまえがテレビをよく見ていることはわかったが、それがどうした」

「玄関に飾ってある絵を思い出してみてくれ。大地君が描いた魚の絵だ」

「あの絵は……」

「頭は右を向いていたよな」

加賀にいわれ、萩原は頷いた。

「たしかにそうだった。あの絵を見た時、何となく落ち着かない気持ちになったのは、そのせいか。だけどあいつはどうして、あんなふうに描いたんだろう」

「だからいっただろ。大地君は素直なんだ。見たままを描いただけなんだ」

加賀は上着のポケットから、また写真を出してきた。しかし今度は二枚だった。

「こっちの写真は、さっきも見せた葛原留美子のマンションを写したものだ。で、こっちの写真は、その手前にある公園の一部を拡大して撮ったものだ」

顔の前に出された二枚の写真を萩原は見比べた。そして拡大された写真のほうを見て、息を呑んだ。そこには魚の彫刻が写っていた。公園の入り口付近に飾ってあるらしい。

「大地はこの彫刻を写生したというのか」

「そう考えても突飛じゃないだろ。参考までにいうと、公園の中からその彫刻を写生した場合、頭は左側になる。それが右側に来たということは、マンション側から写生したということだ」

「葛原留美子の部屋は……」

「二階だ。窓からだと、真正面にその彫刻が見えるはずだ」

「峰子は大地をあいつの部屋に連れていったというわけか」

「そう考えるのが妥当だろうな。もちろん峰子さんにいわせれば、アートフラワーの先生の家に子供を連れていって何が悪いということになるんだろうが」

「そうか。大地を連れていってるのか」

そのことの意味を萩原は考えた。鉛《なまり》を呑み込んだように、重いものが胃袋に溜まっていくような不快感があった。

「いずれあの女と暮らすつもりだということか。大地も引き取って……」

「彼女の計画がどの程度に具体的なのかはわからない。だけど大地君を葛原留美子になつかせようとしているのは確実じゃないかな」

「よくわかった」萩原は白い天井を見つめた。全身の傷の痛みが、なぜか今は全く感じられなかった。「話はそれで終わりか」

「以上だ」加賀は写真や手帳をポケットにしまった。「余計なことだといいたいかもしれない。だけど黙ってはいられなかった」最後にテーブルの上の空き瓶に手を伸ばした。

「その瓶はそこに置いといてくれ」萩原はいった。

「いいのか？」

「ああ。残しといてくれ」

加賀は少し考える顔をしてから頷いた。そして腕時計を見た。

「ずいぶんと長居をしてしまったな。身体のほうはどうだ。疲れたんじゃないか」

「大丈夫だよ。身体のほうは、な」萩原は口元だけで笑って見せた。

加賀は深呼吸を一つした。首を左右に曲げる。関節の音がかすかにした。

「じゃあ、俺はこれで帰るよ」

「ああ、気をつけてな。居眠り運転なんかするんじゃないぞ」

加賀は小さく片手を上げ、身体の向きを変えた。しかしすぐに振り向いた。

「最初の話だけど、答えは聞かなくていいのか」

「答え？」

「なぜそこまで調べるのかっておまえが訊いた時、その答えはすべての質問の後で話すといっただろ」

「ああ」萩原は頷き、その後で首の動きを縦から横に変えた。「いや、もういい。おまえの口から臭い台詞を聞きたくない」

たとえば友情とかいう言葉を――これは萩原が心の中で呟いたことだ。

加賀は唇の右端を上げ、お大事に、といった。そのまま出口に向かった。

その時、ドアの開く音がした。加賀は足を止めた。

「あらっ、今お帰りですか」峰子の声だ。萩原の耳には妙に明るく聞こえた。

「怪我人《けがにん》を相手に長話をしてしまいました」

「自分が退屈だから、お相手をさせていたんじゃないですか。申し訳ありません。お忙しいでしょうに」

「いや、意外に元気そうなので安心しました。また来ます」

「どうもありがとうございました」

加賀が出ていく気配がある。代わりに峰子が姿を見せた。

「何の話をしていたの？」にこやかに彼女は尋ねてきた。その顔は少し紅潮して見えた。

「いろいろな話だ。それより、君はどこまで買い物に行ってたんだ。ずいぶんと遅かったじゃないか」

「加賀さんには悪いけど、この機会にまとめ買いをしておこうと思ったのよ。今度はいつゆっくりと買い物ができるかわからないから」

「そうか」息を整えてから彼は訊いた。「アートフラワーのほうはどうしてる？」

「えっ？」彼女の顔に狼狽の色が走った。

「アートフラワーだ。行ってないのか」

「ああ……そうね。このところは行ってない。だって、こんな時ですもの」

峰子は視線を泳がせた。その目がある場所で止まった。テーブルの上だ。そこには加賀が置いていった例の空き瓶が載っている。

その様子を萩原が見つめていると、彼女と目が合った。しかし彼女のほうがすぐにそらした。

「お花の水を替えてやらなきゃね」峰子は窓際に置かれた花瓶を両手で持ち、洗面所に向かった。

彼女の後ろ姿を見つめながら、萩原は彼女に問いかけていた。なぜなんだ。なぜ相手が女なんだ。俺を殺してまで、あの女と結ばれたいのか——。

しかし問いかけながら萩原は、彼女もまた心の中で答えているのを感じていた。だってあなたが悪いのよ。あなたは変わったわ。あなたは一体あたしに何をしてくれたの？　仕事よりもあたしのほうが大事だと思ってくれている？　それを態度に示したと自信を持って断言できる？　あたしは、あたしを愛してくれる人のほうを選んだだけなのよ——。

峰子が花瓶を抱えて洗面所から出てきた。萩原のほうを見ず、真っ直ぐに窓際に歩いていった。花瓶を置き、花の位置を調節する。

「そのドリンク剤の瓶は」萩原は口を開いた。「加賀が持ってきてくれたものだ。どこから持ってきたかは、いわなくてもわかるな」

峰子の手が止まった。だが彼女は窓のほうを向いたまま動かなかった。

「事故の翌朝、あいつは俺たちの家まで行ったそうだ。そうしてゴミ収集車が来るまでの間に、おまえが捨てたゴミ袋を見つけだして、その中からそれを拾いあげたらしい」

峰子が大きく息を吸い込むのが、その胸の動きでわかった。それを見ながら萩原は続けていった。

「あいつは刑事だ。その気になれば様々なことを調べられる。この瓶にどんな秘密が隠されているのかもな」

峰子が萩原のほうを向いた。その目には怯《おび》えと憎悪と、ほんの少しだが後悔の色が浮かんでいるようだった。彼女は何もいわなかった。唇を嚙んだだけだ。

「出ていってくれ」萩原は静かにいった。「明日からは、もう来なくていい」

峰子の中で何かが弾《はじ》けるのを萩原は感じた。しかし彼女は全くといっていいほど表情を崩さなかった。姿勢にも揺らぎがない。萩原は自分のほうがはるかに大きく動揺していることを自覚した。その一方で、女という奴は本当に図太い、などと考えていた。

能面のような顔をしたまま、峰子は大股で歩きだした。靴音が室内に響いた。その音は彼女が出ていった後も、萩原の耳の奥で反響していた。

初出誌

嘘をもうひとつだけ「イン・ポケット」一九九九年五月号
冷たい灼熱「小説現代」一九九六年十月号
第二の希望「小説現代」一九九七年六月号
狂った計算「小説現代」一九九七年十月号
友の助言「小説現代」一九九九年七月号

嘘《うそ》をもうひとつだけ

第一刷発行　二〇〇〇年四月一〇日

著者　東野圭吾《ひがしのけいご》
発行者　野間佐和子
発行所　株式会社　講談社
〒112-8001　東京都文京区音羽二-一二-二一
電話　編集部　〇三-五三九五-三五〇五
販売部　〇三-五三九五-三六二二
製作部　〇三-五三九五-三六一五

印刷所　大日本印刷株式会社
製本所　株式会社　若林製本工場

定価はカバーに表示してあります。

N. D. C. 913　252p　20cm
　ISBN4-06-210048-7（文2）